1000 भगत सिंह प्रश्नोत्तरी

यादविंदर सिंह संधु

प्रभात पेपरबैक्स
www.prabhatbooks.com

प्रकाशक

प्रभात पेपरबैक्स

4/19 आसफ अली रोड, नई दिल्ली–110002

फोन : 23289777 • हेल्पलाइन नं. : 7827007777

इ–मेल : prabhatbooks@gmail.com ❖ वेब ठिकाना : www.prabhatbooks.com

संस्करण

प्रथम, 2018

मूल्य

एक सौ पचहत्तर रुपए

अ.मा.पु.स. 978-93-5266-797-0

मुद्रक

आर–टेक ऑफसेट प्रिंटर्स, दिल्ली

1000 BHAGAT SINGH PRASHNOTTARI
by Yadvindar Singh Sandhu

Published by **PRABHAT PAPERBACKS**
4/19 Asaf Ali Road, New Delhi-110002

ISBN 978-93-5266-797-0

₹175.00

अपनी बात

सुखी जीवन का मोह कौन त्याग सकता है? जवाब में कहा जा सकता है भगतसिंह जैसे विरले महान् देशभक्त क्रांतिकारी। देशभक्ति और क्रांति की शिक्षा भगतसिंह को विरासत में मिली थी। उनके पिता और दादा महान् क्रांतिकारी थे। उन्होंने कभी अंग्रेजों के सामने घुटने नहीं टेके। कदम-कदम पर उन्हें कड़ी शिकस्त दी। भगतसिंह ने भी इसी विरासत को आगे बढ़ाया और उसे शिखर पर पहुँचा दिया।

'शहीदे-आजम भगतसिंह' नाम के उच्चारण मात्र से ही शरीर रोमांचित हो उठता है। उत्साह और उमंग का एक सोता सा फूट पड़ता है। एक ऐसा महान् देशभक्त क्रांतिकारी, जो देश को क्रांति के एक सूत्र में पिरोने की खातिर हँसते-हँसते फाँसी पर झूल गया।

पंछियों को मुक्त गगन में विचरते देख बचपन में भगतसिंह अन्य बच्चों की तरह बेहद खुश होते थे, लेकिन जैसे ही होश सँभाला, पता चला कि उनका देश गुलाम है, तभी से उन्होंने ठान लिया कि अपना जीवन देश को आजाद कराने में लगा देंगे। उन्होंने घर-बार का मोह त्याग दिया और देश को स्वतंत्र कराने के लिए प्राणपण से जुट गए। वे हिंसा के समर्थक नहीं थे, लेकिन हिंसा को सहना भी अपराध समझते थे, इसलिए उसके प्रति तीखी प्रतिक्रिया प्रकट करते थे। उन्होंने अंग्रेज अफसरों की नाक में दम करके रख दिया।

राजगुरु, सुखदेव, चंद्रशेखर आजाद, बटुकेश्वर दत्त इत्यादि उनकी क्रांतिकारी टोली के शीर्ष क्रांतिवीर थे। उनकी सुनियोजित क्रांति-गतिविधियों ने सरकार की नींद उड़ा रखी थी। बहरी सरकार को जगाने के लिए भगतसिंह और राजगुरु ने केंद्रीय असेंबली में दो बम इस प्रकार फेंके कि किसी भी प्रकार की जान-माल की हानि नहीं हुई। इसके बाद असेंबली में ही गिरफ्तारी दी, ताकि उनकी आवाज को

पूरा देश सुन सके और ज्यादा-से-ज्यादा लोग आजादी की खातिर आगे आ सकें।

गोरी सरकार ने इकतरफा मुकदमा चलाकर भगतसिंह, राजगुरु और सुखदेव को फाँसी दे दी। उनके बलिदान से उठे भूचाल में गोरी सरकार भी आखिर जमींदोज हो गई।

प्रस्तुत पुस्तक में शहीदे-आजम भगतसिंह के उन्हीं वीरोचित कार्यों को प्रश्नोत्तरी क्रम में रुचिकर ढंग से सूत्रबद्ध किया गया है। इससे ज्ञान के साथ-साथ मनोरंजन और जिज्ञासापूर्ति भी होती है। निश्चित ही यह पुस्तक पाठकों को रुचिकर एवं उपयोगी लगेगी।

—लेखक

अनुक्रम

1

पारिवारिक एवं व्यक्तिगत इतिहास

1. भगत सिंह का जन्म किस वर्ष में हुआ था?

   (क) सन् 1905 में (ख) सन् 1906 में

   (ग) सन् 1907 में (घ) सन् 1908 में

2. स्वतंत्रता पूर्व पंजाब का अधिकांश भाग कहाँ तक फैला हुआ था?

   (क) सुदूर सिंध तक (ख) सुदूर केरल तक

   (ग) सुदूर गुजरात तक (घ) सुदूर राजस्थान तक

3. भगत सिंह के गाँव का नाम क्या था?

   (क) बंगा (ख) रंगा

   (ग) चंगा (घ) टनकोर

4. भगत सिंह जिस जिले में पैदा हुए, उसका नाम क्या था?

   (क) फिरोजपुर (ख) अमृतसर

   (ग) जालंधर (घ) लायलपुर

5. भगत सिंह के पूर्वज महाराजा रणजीत सिंह के दरबार में किस नाम से प्रसिद्ध थे?

   (क) वीर बहादुर (ख) सच का सिपाही

   (ग) खालसा सरदार (घ) जाँबाज

6. भगत सिंह के दादा का नाम क्या था?

   (क) लक्ष्मण सिंह (ख) अर्जुन सिंह

   (ग) मक्खन सिंह (घ) भीम सिंह

उत्तर के लिए कृपया पृष्ठ सं. 156 देखें।

7. भगत सिंह के दादा अपने परिवार का भरण-पोषण कैसे करते थे ?
   (क) नौकरी करके (ख) व्यापार करके
   (ग) खेती-बाड़ी करके (घ) इनमें से कोई नहीं
8. सरदार अर्जुन सिंह की पत्नी का नाम क्या था ?
   (क) हरकीरत कौर (ख) अजीत कौर
   (ग) अमृत कौर (घ) जय कौर
9. भगत सिंह का पैतृक गाँव बंगा किससे संबंधित था ?
   (क) हिंदुओं (ख) खालसाओं
   (ग) पठानों (घ) सिंधियों
10. किस उद्‌देश्य से स्वामी दयानंद सरस्वती ने 'आर्यसमाज' की स्थापना की थी ?
   (क) स्वतंत्रता आंदोलन चलाने के लिए
   (ख) स्वास्थ्य सेवा के लिए
   (ग) समाज के उत्थान के लिए
   (घ) धर्म का प्रचार करने के लिए
11. आर्यसमाजी बनने पर सरदार अर्जुन सिंह पर उनके समुदाय ने क्या दबाव डाला ?
   (क) जान से मारने की धमकी
   (ख) सामाजिक बहिष्कार की धमकी
   (ग) गाँव से निकालने की धमकी
   (घ) घर में आग लगाने की धमकी
12. अर्जुन सिंह के दोनों भाई—बहादुर सिंह और दिलबाग सिंह—अंग्रेजों के प्रति क्या रवैया अपना रहे थे ?
   (क) विरोधी (ख) तटस्थ
   (ग) समर्थक (घ) इनमें से कोई नहीं
13. आर्यसमाजी बनने के बाद अर्जुन सिंह क्या करने लगे ?
   (क) ब्रिटिश सरकार का विरोध
   (ख) ब्रिटिश सरकार का समर्थन
   (ग) ब्रिटिश सरकार का प्रचार
   (घ) इनमें से कोई नहीं

उत्तर के लिए कृपया पृष्ठ सं. 156 देखें।

14. अर्जुन सिंह के परिवार का वातावरण कैसा था?
    (क) धार्मिक (ख) देशभक्तिपूर्ण
    (ग) शैक्षणिक (घ) संगीतमय
15. सरदार अर्जुन सिंह के सबसे बड़े पुत्र का नाम क्या था?
    (क) अभिमन्यु सिंह (ख) राम सिंह
    (ग) अनंत सिंह (घ) किशन सिंह
16. किस महात्मा के साथ किशन सिंह ने सार्वजनिक कार्यों में बढ़-चढ़कर हिस्सा लिया था?
    (क) देवराज (ख) हंसराज
    (ग) पर्वतराज (घ) नागराज
17. विदर्भ में कब भयंकर अकाल पड़ा था?
    (क) सन् 1895 में (ख) सन् 1896 में
    (ग) सन् 1898 में (घ) सन् 1897 में
18. विदर्भ से कितने अनाथ बच्चों को सरदार किशन सिंह अपने साथ फिरोजपुर लेकर आए थे?
    (क) पचास (ख) दस
    (ग) चालीस (घ) साठ
19. किस क्रांतिकारी के साथ सरदार किशन सिंह की गहरी दोस्ती थी?
    (क) बटुकेश्वर दत्त (ख) चंद्रशेखर आजाद
    (ग) खुदीराम बोस (घ) शचींद्रनाथ सान्याल
20. सरदार किशन सिंह पर अंग्रेजों ने कितनी बार राजनीतिक मुकदमे चलाए?
    (क) 20 (ख) 42
    (ग) 33 (घ) 52
21. सरदार किशन सिंह कितने वर्ष तक जेल में रहे?
    (क) ढाई वर्ष (ख) तीन वर्ष
    (ग) डेढ़ वर्ष (घ) दो वर्ष
22. सरदार किशन सिंह का विवाह किस वर्ष में हुआ था?
    (क) सन् 1894 में (ख) सन् 1898 में
    (ग) सन् 1896 में (घ) सन् 1897 में

उत्तर के लिए कृपया पृष्ठ सं. 156 देखें।

23. सरदार किशन सिंह को कितने वर्ष तक नजरबंद रहना पड़ा?
    (क) दो वर्ष (ख) तीन वर्ष
    (ग) एक वर्ष (घ) चार वर्ष
24. भगत सिंह के पिताजी का नाम क्या था?
    (क) मोहन सिंह (ख) चमन सिंह
    (ग) मदन सिंह (घ) किशन सिंह
25. भगत सिंह की माता का नाम क्या था?
    (क) सुखवंती (ख) अमृता
    (ग) विद्यावती (घ) लाजो
26. किस रीति से किशन सिंह और विद्यावती का विवाह हुआ था?
    (क) सिख रीति से
    (ख) आर्यसमाजी रीति से
    (ग) हिंदू रीति से
    (घ) इनमें से कोई नहीं
27. कितने वर्ष के उपरांत विद्यावती के गौने की रस्म पूरी की गई थी?
    (क) दो वर्ष (ख) एक वर्ष
    (ग) चार वर्ष (घ) तीन वर्ष
28. विद्यावती को कितनी बार साँप ने काटा था?
    (क) दो बार (ख) चार बार
    (ग) तीन बार (घ) पाँच बार
29. बंगाल का विभाजन किसने किया था?
    (क) वारेन हेस्टिंग्स ने (ख) लॉर्ड मैकाले ने
    (ग) लॉर्ड मिंटो ने (घ) लॉर्ड कर्जन ने
30. पंजाब के बंग-भंग के विरुद्ध आंदोलन का नेतृत्व कौन कर रहे थे?
    (क) लाला लाजपत राय
    (ख) सरदार किशन सिंह
    (ग) सरदार स्वर्ण सिंह
    (घ) सरदार बलवंत सिंह

उत्तर के लिए कृपया पृष्ठ सं. 156 देखें।

31. पंजाब में बंग-भंग के विरुद्ध आंदोलन के संबंध में इनमें से कौन सा कथन सत्य नहीं है ?
    (क) अर्जुन सिंह के तीनों पुत्र इस आंदोलन में क्रांति की मशाल प्रज्वलित कर रहे थे।
    (ख) हिंदू-मुसलिम एकता ने ब्रिटिश सरकार के बंग-भंग के उद्देश्य को निष्फल कर दिया।
    (ग) सरकार ने नीतियों को एक ओर रखकर दमन का सहारा लिया।
    (घ) ब्रिटिश सरकार ने आंदोलनकारियों से क्षमा-याचना की।
32. लाला लाजपतराय को इनमें से किस नाम से पुकारा जाता था ?
    (क) देशबंधु (ख) पंजाब केसरी
    (ग) देश हितैषी (घ) पंजाब का शेर
33. भगत सिंह के चाचा अजीत सिंह लाला लाजपतराय के साथ किस जेल में कैद थे ?
    (क) बंबई जेल (ख) बनारस जेल
    (ग) मांडले जेल (घ) जयपुर जेल
34. भगत सिंह के जन्म के संबंध में इनमें से कौन सा कथन सही नहीं है ?
    (क) भगत सिंह का जन्म अपने ननिहाल में हुआ।
    (ख) भगत सिंह के जन्म के तीसरे दिन किशन सिंह और स्वर्ण सिंह जमानत पर रिहा हुए।
    (ग) फिर अजीत सिंह को भी जेल से रिहा कर दिया गया।
    (घ) दादी जय कौर ने कहा कि बालक हमारे कुल का उद्धार करने आया है।
35. 'भारत माता सोसाइटी' की स्थापना किसने की थी ?
    (क) अर्जुन सिंह (ख) स्वर्ण सिंह
    (ग) अजीत सिंह (घ) किशन सिंह
36. भगत सिंह के पूर्वजों ने साम्राज्य फैलाने के लिए किसकी सहायता की थी ?
    (क) अंग्रेजों की
    (ख) सिक्ख शासकों की
    (ग) कबीले के सरदार की
    (घ) इनमें से कोई नहीं

उत्तर के लिए कृपया पृष्ठ सं. 156 व 157 देखें।

37. भगत सिंह की दादी जय कौर ने किस देशभक्त सूफी को गिरफ्तारी से बचाया था?

(क) अंबा प्रसाद (ख) चमन लाल
(ग) राम प्रसाद (घ) फकीरा सिंह

38. ब्रिटिश सरकार ने सन् 1818 का तीसरा रेगुलेशन ऐक्ट कब लागू किया?

(क) सन् 1905 में (ख) सन् 1904 में
(ग) सन् 1906 में (घ) सन् 1907 में

39. सरदार स्वर्ण सिंह की मृत्यु कहाँ पर हुई थी?

(क) घर में (ख) रेलगाड़ी में
(ग) परदेश में (घ) जेल में

40. मृत्यु के समय सरदार स्वर्ण सिंह की आयु कितनी थी?

(क) 40 वर्ष (ख) 33 वर्ष
(ग) 23 वर्ष (घ) 27 वर्ष

41. भगत सिंह के अतिरिक्त सरदार किशन सिंह की कितनी संतानें और थीं?

(क) दो (ख) आठ
(ग) पाँच (घ) नौ

42. भगत सिंह के परिवार के बारे में इनमें से कौन सा कथन सत्य नहीं है?

(क) जगत सिंह, कुलवीर सिंह, कुलतार सिंह, राजेंद्र सिंह और रणवीर सिंह नामक भगत सिंह के पाँच भाई थे।
(ख) बीबी अमर कौर, बीबी प्रकाश कौर तथा बीबी शकुंतला नामक भगत सिंह की तीन बहनें थीं।
(ग) इनमें जगत सिंह ही भगत सिंह से बड़े थे।
(घ) भगत सिंह और कुलवीर सिंह जुड़वाँ थे।

43. भगत सिंह के घर के वातावरण के बारे में इनमें से कौन सा कथन सत्य नहीं है?

(क) भगत सिंह के परिवार में हमेशा अशांति का माहौल बना रहता था।
(ख) बचपन से ही भगत सिंह पर दादा के प्रगतिवादी तथा पिता एवं चाचाओं के क्रांतिकारी विचारों का गहरा असर पड़ा।
(ग) घर का वातावरण उनके मानसिक और वैचारिक विकास के लिए अनुकूल था।
(घ) भगत सिंह के परिवार का प्रत्येक सदस्य महान् व्यक्तित्व को समेटे हुए था।

उत्तर के लिए कृपया पृष्ठ सं. 157 देखें।

44. भगत सिंह अपने किस भाई के साथ प्राथमिक विद्यालय में पढ़ने जाते थे?
(क) कुलवीर सिंह (ख) राजेंद्र सिंह
(ग) जगत सिंह (घ) रणवीर सिंह

45. किस उम्र में जगत सिंह की अकाल मृत्यु हो गई थी?
(क) 13 वर्ष की (ख) 11 वर्ष की
(ग) 12 वर्ष की (घ) 10 वर्ष की

46. भगत सिंह के बचपन के संबंध में इनमें से कौन सा कथन सत्य नहीं है?
(क) पाठशाला की तंग कोठरियों की अपेक्षा विस्तृत मैदान को वे पसंद करते थे।
(ख) वह पढ़ाई-लिखाई और खेल-कूद से दूर अपने विचारों में ही डूबे रहते थे।
(ग) पढ़ाई का बोझ उनके स्वतंत्र मन-मस्तिष्क को रास नहीं आता था।
(घ) वह संगीत की कक्षा में विशेष रुचि लेते थे।

47. जगत सिंह की मृत्यु के बाद सरदार किशन सिंह परिवार को लेकर कहाँ रहने चले गए थे?
(क) फरीदकोट (ख) नवाकोट
(ग) लुधियाना (घ) जालंधर

48. लाहौर में भगत सिंह का दाखिला किस स्कूल में करवाया गया था?
(क) खालसा स्कूल (ख) ग्रामर स्कूल
(ग) आर्यसमाज विद्यालय (घ) डी.ए.वी. स्कूल

49. रोलेट ऐक्ट भारत में कब लागू किया गया?
(क) सन् 1919 में (ख) सन् 1925 में
(ग) सन् 1915 में (घ) सन् 1930 में

50. नौवीं कक्षा में पढ़ते समय भगत सिंह कहाँ गए थे?
(क) अमृतसर (ख) विदेश
(ग) पर्यटन (घ) कानपुर कांग्रेस अधिवेशन

51. किस उम्र में भगत सिंह क्रांतिकारी संस्थाओं में भाग लेने लगे थे?
(क) 14 वर्ष (ख) 20 वर्ष
(ग) 13 वर्ष (घ) 16 वर्ष

उत्तर के लिए कृपया पृष्ठ सं. 157 देखें।

52. रोलेट ऐक्ट के बारे में इनमें से कौन सा कथन सत्य नहीं है ?
(क) इस ऐक्ट के लागू होने से अंग्रेज अधिकारियों को ब्रह्मास्त्र मिल गया।
(ख) इस ऐक्ट को पहले इंग्लैंड में लागू किया जा चुका था।
(ग) इस ऐक्ट का उद्देश्य क्रांतिकारी गतिविधियों एवं आंदोलनों को रोकना था।
(घ) इस ऐक्ट के लागू होने के बाद अकारण ही कई राजनेताओं को गिरफ्तार कर लिया गया।

53. ''सामाजिक अपराधों एवं राजनीतिक अपराधों को अलग-अलग श्रेणी में रखना चाहिए और उनके लिए अलग-अलग कानूनी प्रावधान होने चाहिए।''—यह कथन किसका था ?
(क) भगत सिंह का (ख) लोकमान्य तिलक का
(ग) लाला लाजपत राय का (घ) महात्मा गांधी का

54. जलियाँवाला बाग हत्याकांड का विरोध रवींद्रनाथ ठाकुर ने किस तरह व्यक्त किया था ?
(क) कड़ा पत्र लिखकर (ख) 'सर' की उपाधि लौटाकर
(ग) उपवास रखकर (घ) इनमें से कोई नहीं

55. जलियाँवाला बाग हत्याकांड के दोषी जनरल डायर का वध किस क्रांतिकारी ने किया था ?
(क) मोहन सिंह ने (ख) ऊधम सिंह ने
(ग) सुखदेव ने (घ) राजगुरु ने

56. अमृतसर के सिविल सर्जन स्मिथ ने जलियाँवाला बाग के मृतकों की संख्या कितनी बताई थी ?
(क) 1,300 (ख) 1,400
(ग) 1,100 (घ) 1,800 से अधिक

57. ''अब हम गोली नहीं खाएँगे, बल्कि गोली मारेंगे।''—यह कथन किसका था ?
(क) ऊधम सिंह का
(ख) भगत सिंह का
(ग) सुखदेव का
(घ) यशपाल का

उत्तर के लिए कृपया पृष्ठ सं. 157 देखें।

58. जलियाँवाला बाग से भगत सिंह अपने साथ क्या लेकर गए थे?
 (क) हत्याकांड की तसवीर
 (ख) खून से भीगी हुई मिट्टी
 (ग) खून से भीगा हुआ कपड़ा
 (घ) इनमें से कोई नहीं

59. भगत सिंह ने इनमें से किस कॉलेज में दाखिला लिया था?
 (क) ब्रिटिश कॉलेज (ख) पंजाब एंग्लो कॉलेज
 (ग) पंजाब नेशनल कॉलेज (घ) खालसा कॉलेज

60. किस देश-प्रेमी ने भगत सिंह का दाखिला कॉलेज में करवाया था?
 (क) सूफी अंबा प्रसाद ने (ख) सरदार अजीत सिंह ने
 (ग) लाला हरदयाल ने (घ) भाई परमानंद ने

61. नेशनल कॉलेज में भगत सिंह की मित्रता किस क्रांतिकारी से हुई थी?
 (क) ऊधम सिंह से (ख) राजगुरु से
 (ग) सुखदेव से (घ) चंद्रशेखर आजाद से

62. सुखदेव का जन्म किस वर्ष में हुआ था?
 (क) सन् 1904 में (ख) सन् 1905 में
 (ग) सन् 1907 में (घ) सन् 1906 में

63. पंजाब नेशनल कॉलेज की स्थापना किसने की थी?
 (क) लाला लाजपत राय ने (ख) सरदार अर्जुन सिंह ने
 (ग) लाला हरदयाल ने (घ) सूफी अंबा प्रसाद ने

64. कांग्रेस के भीतर राष्ट्रवादी दल का उदय कब हुआ था?
 (क) सन् 1895 में (ख) सन् 1885 में
 (ग) सन् 1880 में (घ) सन् 1896 में

65. राष्ट्रवादी दल के उदय के संबंध में इनमें से कौन सा कथन सत्य नहीं है?
 (क) इस दल ने संघर्ष का मार्ग अपनाया।
 (ख) नौजवान इस दल की तरफ आकर्षित हुए।
 (ग) दल ने सोवियत संघ से सहायता ली।
 (घ) कांग्रेस स्पष्ट रूप से राजभक्तों और देशभक्तों में बँट गई।

उत्तर के लिए कृपया पृष्ठ सं. 157 देखें।

66. लॉर्ड कर्जन ने किस वर्ष दिल्ली दरबार किया, जिसमें महारानी विक्टोरिया ने 'भारत सम्राज्ञी' की उपाधि ग्रहण की?
(क) सन् 1903 में (ख) सन् 1905 में
(ग) सन् 1901 में (घ) सन् 1911 में

67. "उठो, गुलामी छोड़ो। एक होकर सन् 1857 की तरह लड़ने की तैयारी करो।"—यह कथन किसका था?
(क) स्वर्ण सिंह (ख) अर्जुन सिंह
(ग) जगत सिंह (घ) अजीत सिंह

68. लॉर्ड कर्जन के बाद कौन भारत का वायसराय बनकर आया था?
(क) लॉर्ड मैकाले (ख) लॉर्ड मिंटो
(ग) लॉर्ड हेस्टिंग्स (घ) लॉर्ड माउंटबेटन

69. पंजाब में कांग्रेस अधिवेशन पहली बार कब हुआ था?
(क) सन् 1883 में (ख) सन् 1863 में
(ग) सन् 1893 में (घ) सन् 1873 में

70. कलकत्ता से लौटकर किशन सिंह और अजीत सिंह ने मेहता नंदकिशोर के सहयोग से किस संस्था की स्थापना की थी?
(क) इंडिया फोरम (ख) भारत बंधु
(ग) देश हित सभा (घ) भारत माता सोसाइटी

71. 'पगड़ी सँभाल जट्टा' कविता की रचना किसने की थी?
(क) रामप्रसाद ने (ख) बाँके दयाल ने
(ग) सोहन सिंह ने (घ) इनमें से किसी ने नहीं

72. राधेश्याम कथावाचक ने अपना प्रसिद्ध नाटक 'अभिमन्यु' किस आंदोलन की पृष्ठभूमि में लिखा था?
(क) पगड़ी सँभाल जट्टा (ख) भारत छोड़ो आंदोलन
(ग) असहयोग आंदोलन (घ) सविनय अवज्ञा आंदोलन

73. लंदन में 1 जुलाई, 1909 को किस क्रांतिकारी ने कर्जन विली का वध किया था?
(क) अजीत सिंह ने (ख) भीम सिंह ने
(ग) स्वर्ण सिंह ने (घ) मदनलाल ढींगरा ने

उत्तर के लिए कृपया पृष्ठ सं. 157 देखें।

74. "मैंने इसकी हत्या करके देशवासियों पर ढाए जा रहे अत्याचारों का बदला लिया है। इंग्लैंड पर अगर जर्मनी का कब्जा होता तो अंग्रेज भी यही करते।"— यह कथन किसका है?

(क) भगत सिंह

(ख) मदनलाल ढींगरा

(ग) सुखदेव

(घ) अजीत सिंह

75. दिल्ली में जब लॉर्ड हार्डिंग पर बम फेंका गया, तब भगत सिंह की उम्र क्या थी?

(क) ढाई साल

(ख) दो साल

(ग) सवा पाँच साल

(घ) साढ़े चार साल

76. मुसलिम लीग की स्थापना कब हुई थी?

(क) सन् 1906 में (ख) सन् 1901 में

(ग) सन् 1903 में (घ) सन् 1904 में

77. भगत सिंह के चाचा अजीत सिंह ब्रिटिश सरकार की आँखों में धूल झोंककर कब विदेश चले गए थे?

(क) सन् 1901 में (ख) सन् 1907 में

(ग) सन् 1905 में (घ) सन् 1909 में

78. अजीत सिंह के विदेश जाने के बाद किसे गुप्त क्रांतिकारी संगठन का नेता चुना गया?

(क) शचींद्रनाथ सान्याल (ख) बटुकेश्वर दत्त

(ग) रासबिहारी बोस (घ) खुदीराम बोस

79. पंजाब में रासबिहारी बोस को छिपाकर रखने की व्यवस्था किसने की थी?

(क) लाला हरदयाल ने

(ख) भाई परमानंद ने

(ग) अर्जुन सिंह ने

(घ) किशन सिंह ने

उत्तर के लिए कृपया पृष्ठ सं. 157 देखें।

80. अपने बारे में कहे गए भगत सिंह के इन कथनों में से कौन सा सत्य नहीं है?
    (क) मैंने डी.ए.वी. स्कूल के बोर्डिंग हाउस में पूरा एक साल बिताया।
    (ख) वहाँ सुबह-शाम प्रार्थना के अतिरिक्त मैं घंटों गायत्री मंत्र का जाप किया करता था।
    (ग) पिताजी से प्रेरणा पाकर मैंने अपना जीवन आजादी के आदर्श के लिए समर्पित किया।
    (घ) बचपन में ही मैंने बम बनाना सीख लिया।

81. रासबिहारी बोस को पंजाबी वेश में छिपाकर रखने के लिए किसकी पत्नी को उनकी पत्नी बनाकर रखने का इंतजाम किया गया था?
    (क) मोहन प्रसाद
    (ख) रामशरण दास
    (ग) चिन्मयानंद
    (घ) इनमें से कोई नहीं

82. करतार सिंह सराबा कौन थे?
    (क) आर्यसमाज के प्रचारक
    (ख) गदर पार्टी आंदोलन के नायक
    (ग) कांग्रेस नेता
    (घ) इनमें से कोई नहीं

83. जलियाँवाला बाग हत्याकांड कब हुआ था?
    (क) 11 मई, 1905 को
    (ख) 11 जनवरी, 1909 को
    (ग) 10 जून, 1908 को
    (घ) 13 अप्रैल, 1919 को

84. नेशनल नाटक क्लब के बारे में इनमें से कौन सा कथन सत्य नहीं है?
    (क) कॉलेज में पढ़ते समय भगत सिंह ने नेशनल नाटक कॉलेज की स्थापना की।
    (ख) उन्होंने महाराणा प्रताप, भारत दुर्दशा, चंद्रगुप्त आदि नाटकों का सफल मंचन किया।
    (ग) इस नाटक क्लब ने लंदन में भी कार्यक्रम प्रस्तुत किया था।
    (घ) ब्रिटिश सरकार ने नेशनल नाटक क्लब को प्रतिबंधित कर दिया।

□

उत्तर के लिए कृपया पृष्ठ सं. 157 देखें।

2

क्रांति के पथ पर

85. बंगाल के क्रांतिकारियों से भगत सिंह का परिचय किसके माध्यम से हुआ था?
    (क) रासबिहारी बोस के (ख) सुखदेव के
    (ग) शचींद्रनाथ सान्याल के (घ) प्रो. जयचंद्र के
86. बंगाल के किस क्रांतिकारी से भगत सिंह सबसे अधिक प्रभावित हुए थे?
    (क) बटुकेश्वर दत्त से (ख) विभूतिनाथ से
    (ग) रासबिहारी बोस से (घ) शचींद्रनाथ सान्याल से
87. किस वर्ष भगत सिंह ने बी.ए. में प्रवेश लिया था?
    (क) सन् 1915 में (ख) सन् 1914 में
    (ग) सन् 1923 में (घ) सन् 1924 में
88. भगत सिंह के परिवार के किस सदस्य ने मृत्यु से पहले उनका विवाह देखने की इच्छा व्यक्त की थी?
    (क) दादा अर्जुन सिंह (ख) पिता किशन सिंह
    (ग) चाचा अजीत सिंह (घ) दादी जय कौर
89. किस अमीर सिख की बहन के साथ भगत सिंह का विवाह तय किया गया था?
    (क) वीर सिंह (ख) खड़क सिंह
    (ग) तेजा सिंह (घ) जीत सिंह
90. कन्या पक्ष के मेहमानों के साथ भगत सिंह ने कैसा बरताव किया?
    (क) गुस्से से पेश आए (ख) बहुत अच्छी तरह पेश आए
    (ग) उपेक्षा की (घ) इनमें से कोई नहीं

उत्तर के लिए कृपया पृष्ठ सं. 158 देखें।

91. विवाह बंधन से बचने के लिए भगत सिंह ने पत्र लिखकर किससे मार्गदर्शन माँगा था ?

(क) गणेश शंकर विद्यार्थी से (ख) भाई परमानंद से

(ग) लाला हरदयाल से (घ) शचींद्रनाथ सान्याल से

92. भगत सिंह को विवाह के संबंध में शचींद्रनाथ सान्याल ने जो सलाह दी थी, उसके संदर्भ में इनमें से कौन सा कथन सही नहीं है ?

(क) विवाह करना या न करना तुम्हारी इच्छा पर निर्भर करता है।

(ख) विवाह करके तुम पत्नी से संबंध-विच्छेद कर सकते हो।

(ग) पारिवारिक बंधन तुम्हें इतना जकड़ लेगा कि तुम देशभक्ति से बहुत दूर हो जाओगे।

(घ) अगर तुमने स्वयं को देश के लिए समर्पित कर दिया है तो विवाह के बंधन को अस्वीकार कर दो।

93. "आपका पुत्र या तो तख्त पर बैठेगा या तख्त पर झूलेगा।"—यह कथन किसका था ?

(क) एक दुकानदार का (ख) एक साधु का

(ग) एक बाजीगर का (घ) एक ज्योतिषी का

94. घर छोड़ने के बाद भगत सिंह कहाँ पहुँचे थे ?

(क) दिल्ली (ख) कलकत्ता

(ग) इलाहाबाद (घ) कानपुर

95. लाहौर से कानपुर आने के बाद भगत सिंह का छद्म नाम क्या था ?

(क) आनंद सिंह (ख) बलवंत सिंह

(ग) मनजीत सिंह (घ) खुशवंत सिंह

96. उस समय कानपुर में क्रांतिकारी गतिविधियों का संचालन कौन कर रहे थे ?

(क) गणेश शंकर विद्यार्थी (ख) रासबिहारी बोस

(ग) योगेश चंद्र चटर्जी (घ) शचींद्रनाथ सान्याल

97. भगत सिंह ने अपने किस क्रांतिकारी साथी से बँगला भाषा सीखी थी ?

(क) योगेशचंद्र चटर्जी (ख) बटुकेश्वर दत्त

(ग) रासबिहारी बोस (घ) शचींद्रनाथ सान्याल

उत्तर के लिए कृपया पृष्ठ सं. 158 देखें।

98. कानपुर में गुजारे के लिए भगत सिंह क्या कर रहे थे?
(क) ट्यूशन (ख) अखबार बेचना
(ग) दुकानदारी (घ) इनमें से कुछ नहीं

99. कानपुर में रहते समय भगत सिंह किस नाम से अपने लेख पत्र-पत्रिकाओं में प्रकाशित करवाते थे?
(क) अमर सिंह (ख) जगजीत सिंह
(ग) बलवंत सिंह (घ) समेर सिंह

100. भगत सिंह कानपुर के किस इलाके में रहते थे?
(क) रामनारायण बाजार (ख) सब्जी मंडी
(ग) सिविल लाइंस (घ) इनमें से कोई नहीं

101. 'प्रताप' के संपादक का क्या नाम था?
(क) बालकृष्ण शर्मा 'नवीन'
(ख) मैथिलीशरण गुप्त
(ग) गणेश शंकर विद्यार्थी
(घ) शचींद्रनाथ सान्याल

102. गणेश शंकर विद्यार्थी सबसे पहले भगत सिंह से किस तरह प्रभावित हुए?
(क) मिलकर (ख) प्रशंसा सुनकर
(ग) भाषण सुनकर (घ) लेख पढ़कर

103. कानुपर में भगत सिंह किस समाचार-पत्र में काम करते थे?
(क) प्रहरी (ख) वीर
(ग) योद्धा (घ) प्रताप

104. किस शहर में दंगा भड़कने पर गणेश शंकर विद्यार्थी ने भगत सिंह को 'प्रताप' का संवाददाता बनाकर भेजा था?
(क) कलकत्ता में (ख) अलीगढ़ में
(ग) मेरठ में (घ) दिल्ली में

105. 'प्रताप' में किस तरह का साहित्य प्रकाशित होता था?
(क) क्रांतिकारी (ख) सामाजिक
(ग) धार्मिक (घ) सांस्कृतिक

उत्तर के लिए कृपया पृष्ठ सं. 158 देखें।

106. भगत सिंह को कानपुर छोड़ने के लिए विवश होना पड़ा था। इस प्रसंग में इनमें से कौन सा कथन सही नहीं है?

(क) 'प्रताप' प्रेस में क्रांतिकारी साहित्य विज्ञापनों के रूप में छापा और दशहरे के मेले में भगत सिंह पाँच साथियों के साथ छद्म वेश में घूम-घूमकर बाँटने लगे।

(ख) सादे वस्त्रों में तैनात सिपाहियों ने भगत सिंह को साथियों सहित घेर लिया।

(ग) भगत सिंह के साथियों ने सिपाहियों की पिटाई की और फरार हो गए।

(घ) कानपुर की जलवायु भगत सिंह के स्वास्थ्य के लिए अनुकूल नहीं थी।

107. गणेश शंकर विद्यार्थी ने भगत सिंह को अलीगढ़ जिले के किस गाँव में भेजा था?

(क) शादीपुर (ख) सीतापुर

(ग) रामपुर (घ) जनकपुर

108. भगत सिंह को किस स्कूल में हेडमास्टर बनाया गया?

(क) स्वराज स्कूल (ख) आजाद स्कूल

(ग) नेशनल स्कूल (घ) भारत स्कूल

109. शादीपुर गाँव में भगत सिंह के ठहरने का इंतजाम किसके घर में किया गया?

(क) ठाकुर जरनैल सिंह

(ख) ठाकुर राजपाल सिंह

(ग) ठाकुर टोल सिंह

(घ) ठाकुर टोबाटेक सिंह

110. भगत सिंह के घर छोड़ने के बाद जब उनकी दादी जय कौर की तबीयत बिगड़ गई तो उन्हें सूचना देने के लिए उनके पिताजी ने किस पत्र में विज्ञापन छपवाया था?

(क) जय हिंद

(ख) वीर अर्जुन

(ग) प्रताप

(घ) वंदे मातरम्

उत्तर के लिए कृपया पृष्ठ सं. 158 देखें।

111. नेशनल स्कूल में भगत सिंह ने छात्रों के उत्थान के लिए जो कदम उठाए, उसके संबंध में इनमें से कौन सा कथन सही नहीं है?
   (क) उनके मार्गदर्शन में छात्र राजनीतिक, सामाजिक और आर्थिक विषयों का अध्ययन करने लगे।
   (ख) पढ़ने के अतिरिक्त भगत सिंह ने स्कूल में वक्तृत्व सभा, निबंध प्रतियोगिता, खेल आदि पर भी सकारात्मक दृष्टिकोण स्थापित किया।
   (ग) वे उपलब्ध साधनों द्वारा बच्चों में देशभक्ति और राष्ट्रीयता की भावना भरने लगे।
   (घ) उन्होंने स्कूल के नए भवन का निर्माण करवाया।

112. शादीपुर गाँव में काम करते हुए भगत सिंह ने अपने गाँव के किस मित्र को पत्र लिखा था?
   (क) रामचंद्र को (ख) हर्ष कुमार को
   (ग) जयदेव को (घ) देव सिंह को

113. अपने मित्र रामचंद्र को पत्र लिखकर भगत सिंह ने क्या हिदायत दी थी?
   (क) उनकी खैरियत के बारे में पिता को बता दें
   (ख) गाँव का हाल-चाल लिखकर भेजें
   (ग) उनका पता किसी को न बताएँ
   (घ) इनमें से कोई नहीं

114. रामचंद्र ने भगत सिंह के पत्र का जिक्र किससे कर दिया था?
   (क) जयदेव से (ख) जय कौर से
   (ग) किशन सिंह से (घ) अजीत सिंह से

115. सरदार किशन सिंह ने भगत सिंह को समझाने के लिए अपने किस मित्र को पत्र लिखा था?
   (क) अकबर इलाहाबादी (ख) अबुल कलाम आजाद
   (ग) जोश मलीहाबादी (घ) मौलाना हसरत मोहानी

116. हसरत मोहानी किस उर्दू पत्रिका के संपादक थे?
   (क) इनकलाब (ख) उर्दू-ए-मुअल्ला
   (ग) परवाज (घ) इनमें से कोई नहीं

उत्तर के लिए कृपया पृष्ठ सं. 158 देखें।

117. सरकार-विरोधी लेख छापने के अपराध में हसरत मोहानी पहली बार जेल कब गए थे?

(क) सन् 1906 में (ख) सन् 1907 में
(ग) सन् 1904 में (घ) सन् 1908 में

118. हसरत मोहानी किस देश की सामाजिक क्रांति से बहुत प्रभावित थे?

(क) चीन (ख) रूस
(ग) जर्मनी (घ) पोलैंड

119. अपने एक शेर में हसरत मोहानी ने गांधी की तरह बैठकर चरखा कातने की जगह किस मशहूर नेता की तरह दुनिया को हिला देने की बात कही थी?

(क) जॉर्ज वाशिंगटन (ख) अब्राहम लिंकन
(ग) नेपोलियन (घ) लेनिन

120. किसके समझाने पर भगत सिंह अपने गाँव लौट आए थे?

(क) जयदेव (ख) सुखदेव
(ग) रामचंद्र (घ) हसरत मोहानी

121. भगत सिंह शादीपुर गाँव से कब अपने गाँव लौट आए थे?

(क) 16 फरवरी, 1926 को (ख) 13 अगस्त, 1923 को
(ग) 17 मार्च, 1924 को (घ) 15 जनवरी, 1925 को

122. कितने महीने के घर से बाहर रहने के बाद भगत सिंह अपने घर वापस लौट आए थे?

(क) चार महीने (ख) छह महीने
(ग) नौ महीने (घ) बारह महीने

123. 'असहयोग आंदोलन' की समाप्ति के बाद पंजाब में कौन सा आंदोलन शुरू हो गया था?

(क) किसान आंदोलन (ख) खालसा आंदोलन
(ग) अकाली आंदोलन (घ) इनमें से कोई नहीं

124. 'अकाली आंदोलन' की बागडोर किसके हाथ में थी?

(क) क्रांतिकारी (ख) सिख
(ग) गांधीवादी (घ) इनमें से कोई नहीं

उत्तर के लिए कृपया पृष्ठ सं. 158 देखें।

125. 'अकाली आंदोलन' किससे संबंधित था?

(क) भूमि-सुधार (ख) कानून-सुधार

(ग) समाज-सुधार (घ) धर्म-सुधार

126. 'अकाली आंदोलन' से जुड़ने के बाद भगत सिंह के व्यक्तित्व में क्या परिवर्तन आया था?

(क) वह अंग्रेजी में भाषण देने लगे

(ख) कर्मकांड में रुचि लेने लगे

(ग) पगड़ी बाँधने लगे

(घ) इनमें से कोई नहीं

127. 'अकाली आंदोलन' के संबंध में इनमें से कौन सा कथन सही नहीं है?

(क) हालाँकि 'अकाली आंदोलन' धर्म सुधार से संबंधित था, जो गुरुद्वारों से अनाचार एवं स्वामित्व को समाप्त करना चाहता था; लेकिन इसकी भावना उग्र, सुधारवादी तथा बहुत कुछ क्रांतिकारी थी।

(ख) 'अकाली आंदोलन' से जुड़े आंदोलनकारी पहचान के रूप में सिर पर काली पगड़ी बाँधते थे।

(ग) इस आंदोलन में लगभग दो सौ सिखों ने अपने प्राणों की आहुति दी।

(घ) इस आंदोलन के नेतागण विदेश में रहकर इसका संचालन कर रहे थे।

128. किशन सिंह के भाई दिलबाग सिंह किस सरकारी पद पर नियुक्त थे?

(क) मुंसिफ (ख) पुलिस अधिकारी

(ग) क्लर्क (घ) ऑनरेरी मजिस्ट्रेट

129. अंग्रेजों के दमन के खिलाफ आनेवाले सिखों के जत्थों के संबंध में दिलबाग सिंह ने क्या घोषणा करवाई थी?

(क) स्वागत किया जाएगा

(ख) गिरफ्तार किया जाएगा

(ग) सहायता नहीं की जाएगी

(घ) इनमें से कोई नहीं

130. जत्थों के बारे में भगत सिंह ने क्या निश्चय किया था?

(क) विरोध करने का (ख) तटस्थ रहने का

(ग) सहायता करने का (घ) इनमें से कोई नहीं

उत्तर के लिए कृपया पृष्ठ सं. 158 देखें।

131. भगत सिंह ने गाँववासियों से किस गुरु का स्मरण करते हुए सिखों के जत्थे की सहायता करने का अनुरोध किया था?

(क) गुरु नानक (ख) गुरु गोविंद सिंह

(ग) गुरु तेग बहादुर (घ) गुरु अर्जुन देव

132. जत्थे को गाँव में प्रवेश करने से रोकने के सारे प्रयास विफल होने के बाद दिलबाग सिंह ने क्या निश्चय किया था?

(क) पुलिस को तैनात किया जाए

(ख) गाँववासियों को दंडित किया जाए

(ग) भगत सिंह को गिरफ्तार किया जाए

(घ) इनमें से कोई नहीं

133. भगत सिंह गिरफ्तारी की भनक मिलने के बाद गाँव से कहाँ चले गए थे?

(क) कानपुर (ख) इलाहाबाद

(ग) दिल्ली (घ) बनारस

134. दिल्ली पहुँचकर भगत सिंह किस समाचार-पत्र में काम करने लगे थे?

(क) दैनिक अर्जुन (ख) दैनिक आवाज

(ग) दैनिक केसरी (घ) दैनिक विश्वमित्र

135. किस मित्र की सिफारिश से भगत सिंह को 'दैनिक अर्जुन' में नौकरी मिली थी?

(क) सुखदेव (ख) जयदेव

(ग) रामचंद्र (घ) जयचंद्र

136. 'दैनिक अर्जुन' की स्थापना किसने की थी?

(क) लोकमान्य तिलक

(ख) गोपाल कृष्ण गोखले

(ग) इंद्र विद्यावाचस्पति

(घ) मदन मोहन मालवीय

137. कानपुर में आई किस प्राकृतिक आपदा की सूचना पाकर भगत सिंह व्याकुल हो उठे थे और उन्होंने 'दैनिक अर्जुन' की नौकरी से त्याग-पत्र दे दिया था?

(क) सूखा (ख) तूफान

(ग) भूकंप (घ) बाढ़

उत्तर के लिए कृपया पृष्ठ सं. 158 व 159 देखें।

138. कानपुर में चंद्रशेखर आजाद से भगत सिंह की मुलाकात किसने करवाई थी?
(क) हसरत मोहानी ने
(ख) गणेश शंकर विद्यार्थी ने
(ग) यशपाल ने
(घ) सुखदेव ने

139. कानपुर से लाहौर लौटने के बाद भगत सिंह की गतिविधियों के बारे में इनमें से कौन सा कथन सही नहीं है?
(क) उन्होंने लाहौर के क्रांतिकारी विचारधारावाले युवकों को एकत्र करना आरंभ किया।
(ख) सुखदेव, धन्वंतरि, एहसान इलाही, यशपाल, पिंडीदास आदि युवक उनके साथ जुड़ गए।
(ग) उन्होंने बम बनाने का प्रशिक्षण लेना शुरू कर दिया।
(घ) उनकी मुलाकात प्रसिद्ध क्रांतिकारी भगवतीचरण वोहरा से हुई।

140. भगवतीचरण वोहरा के पिता शिवचरण वोहरा किस विभाग में कार्य करते थे?
(क) डाक विभाग (ख) न्यायपालिका
(ग) पुलिस विभाग (घ) रेल विभाग

141. ब्रिटिश सरकार ने शिवचरण वोहरा को किस उपाधि से सम्मानित किया था?
(क) नाइटहुड (ख) राय साहब
(ग) सर (घ) राय बहादुर

142. भगवतीचरण वोहरा की पत्नी किस नाम से प्रसिद्ध हुईं?
(क) पार्वती बहन (ख) गायत्री दीदी
(ग) सीता देवी (घ) दुर्गा भाभी

143. क्रांतिकारियों के मार्गदर्शन हेतु तथा उन्हें एक सूत्र में पिरोने के लिए वर्ष 1926 में भगत सिंह और भगवतीचरण वोहरा ने मिलकर किस संगठन की स्थापना की थी?
(क) भारत स्वतंत्रता संघ
(ख) नौजवान भारत सभा
(ग) नौजवान विद्यार्थी मंच
(घ) क्रांतिकारी भारत सभा

उत्तर के लिए कृपया पृष्ठ सं. 159 देखें।

144. नौजवान भारत सभा के उद्देश्यों के संबंध में कौन सा कथन सही नहीं है?
(क) किसानों एवं श्रमिकों को संगठित करना और उनका एक पूर्ण गणराज्य स्थापित करना।
(ख) धर्म या जाति की अपेक्षा राष्ट्रीयता के आधार पर नौजवानों में देशभक्ति की भावना का संचार करना।
(ग) सांप्रदायिकता-विरोधी तथा किसानों व श्रमिकों के आदर्श गणतांत्रिक राज्य की प्राप्ति में सहायक होनेवाले आर्थिक, सामाजिक, औद्योगिक क्षेत्रों के आंदोलनों के साथ सहानुभूति रखते हुए उनकी सहायता करना।
(घ) देश में हरित क्रांति के लिए बुनियादी ढाँचे का विकास करना।

145. भगत सिंह नौजवान भारत सभा के किस पद पर चुने गए?
(क) प्रचार मंत्री (ख) महामंत्री
(ग) अध्यक्ष (घ) सांस्कृतिक मंत्री

146. नौजवान भारत सभा की प्रथम बैठक लाहौर में कहाँ आयोजित की गई थी?
(क) फुटबॉल मैदान में (ख) ब्रेडला हॉल में
(ग) सार्वजनिक पुस्तकालय में (घ) इनमें से कोई नहीं में

147. नौजवान भारत सभा ने करतार सिंह सराबा का 'शहीदी दिवस' बड़े पैमाने पर मनाया था। उस अवसर पर दुर्गा भाभी और सुशीला दीदी ने किस तरह सराबा के चित्र का अभिषेक किया था?
(क) फूल चढ़ाकर (ख) दीपक जलाकर
(ग) कुमकुम लगाकर (घ) उँगली काटकर रक्त चढ़ाकर

148. काकोरी कांड की पृष्ठभूमि के बारे में इनमें से कौन सा कथन सही नहीं है?
(क) सरकार के अन्याय, अत्याचारों और दमनकारी नीतियों का प्रत्युत्तर देने के लिए लाहौर में क्रांतिकारियों का एक गुप्त दल सक्रिय था।
(ख) इस दल में चंद्रशेखर आजाद, रामप्रसाद 'बिस्मिल', रोशन सिंह, राजेंद्रनाथ लाहिड़ी, अशफाक उल्ला खाँ, जोगेश चंद्र, बटुकेश्वर दत्त जैसे महान् क्रांतिकारी सम्मिलित थे।
(ग) इनका उद्देश्य बम, बंदूक आदि हथियारों का प्रयोग करके ब्रिटिश सरकार को उखाड़ फेंकना था।
(घ) इन क्रांतिकारियों ने रूस जाकर हथियारों का प्रशिक्षण लिया था।

उत्तर के लिए कृपया पृष्ठ सं. 159 देखें।

149. ट्रेन डकैती की योजना बनाते समय रामप्रसाद बिस्मिल ने निम्नलिखित बात कही थी। उनके कथन के खाली स्थान को सही शब्द देकर भरें।

"मुझे पता चला है कि सहारनपुर से लखनऊ जानेवाली...की डाउन ट्रेन में सरकारी खजाना जाने वाला है। हमें उसे लूट लेना चाहिए। इससे हमारी योजना के मार्ग की सारी बाधाएँ दूर हो जाएँगी।"

(क) 5 नंबर (ख) 7 नंबर
(ग) 6 नंबर (घ) 8 नंबर

150. काकोरी कांड में क्रांतिकारियों को ट्रेन डकैती से कितनी रकम हासिल हुई थी?
(क) 8,600 रुपए
(ख) 5,300 रुपए
(ग) 6,200 रुपए
(घ) 9,100 रुपए

151. काकोरी कांड के बाद के हालात के बारे में इनमें से कौन सा कथन सही नहीं है?
(क) काकोरी कांड ने सरकार को हिलाकर रख दिया।
(ख) पुलिस के हाथ एक 'कच्चा क्रांतिकारी' लग गया, जिसने सरकारी गवाह बनकर सारी बात उगल दी।
(ग) दो दिन के अंदर बताए गए स्थानों पर छापे मारे गए और अनेक क्रांतिकारियों को पकड़ लिया गया।
(घ) सरकार ने 8 नंबर की डाउन ट्रेन का संचालन बंद कर दिया।

152. काकोरी कांड का मुकदमा कहाँ चला था?
(क) इलाहाबाद की अदालत में
(ख) लखनऊ की अदालत में
(ग) शिमला की अदालत में
(घ) उपर्युक्त से कहीं नहीं

153. काकोरी कांड का मुकदमा कितने दिनों तक चलता रहा था?
(क) दो वर्ष
(ख) एक वर्ष
(ग) डेढ़ वर्ष
(घ) ढाई वर्ष

उत्तर के लिए कृपया पृष्ठ सं. 159 देखें।

154. काकोरी कांड का मुकदमा पूरा होने के बाद की स्थिति के बारे में इनमें से कौन सा कथन सही नहीं है ?

(क) रामप्रसाद बिस्मिल, रोशन सिंह, राजेंद्रनाथ लाहिड़ी और अशफाक उल्ला खाँ को फाँसी की सजा दी गई।

(ख) अदालत के कठोर निर्णय ने जनमानस को व्यथित कर दिया।

(ग) चंद्रशेखर आजाद ने बंदी क्रांतिकारियों को मुक्त कराने के अनेक प्रयास किए, पर सफल नहीं हुए।

(घ) ब्रिटिश सरकार ने क्रांतिकारियों को कुचलने के लिए नया विधेयक पारित किया।

155. दशहरा कांड के बारे में इनमें से कौन सा कथन सही नहीं है ?

(क) सन् 1927 में लाहौर में आयोजित दशहरा मेले में किसी ने बम फेंका था।

(ख) उस दुर्घटना में अनेक लोग मारे गए और कई लोग बुरी तरह से घायल हुए।

(ग) ब्रिटिश सरकार ने अफवाह फैला दी कि लूटपाट करने के लिए क्रांतिकारियों ने बम फेंका था।

(घ) सरकार ने बम निरोधक दस्ते को तैनात कर दिया था।

156. दशहरा कांड की साजिश के बारे में इनमें से कौन सा कथन सही नहीं है ?

(क) जब भगत सिंह ने काकोरी कांड के अभियुक्तों को छुड़वाने का प्रयास किया था, उसी समय से वे अंग्रेज सरकार की आँखों की किरकिरी बने हुए थे।

(ख) सरकार मानती थी कि भगत सिंह को पकड़कर कई बड़े क्रांतिकारियों तक पहुँचा जा सकता है।

(ग) अंग्रेजों ने ही दशहरे के मेले में बम फेंकवाया और भगत सिंह के नाम का वारंट जारी कर दिया।

(घ) इस साजिश की भनक महात्मा गांधी को पहले से ही लग चुकी थी।

157. अमृतसर में किस व्यक्ति ने भगत सिंह को गिरफ्तारी से बचाया था ?

(क) सरदार सोहन सिंह (ख) सरदार शार्दूल सिंह

(ग) सरदार मोहन सिंह (घ) इनमें से कोई नहीं

उत्तर के लिए कृपया पृष्ठ सं. 159 देखें।

158. जिस समय भगत सिंह को अमृतसर में गिरफ्तार किया गया, उस समय वे किस वाहन पर सवार होकर गंतव्य स्थान की तरफ जा रहे थे?

(क) साइकिल (ख) ताँगा

(ग) मोटर (घ) रेलगाड़ी

159. बिना मुकदमा चलाए भगत सिंह को कितने दिनों तक लाहौर जेल में रखा गया?

(क)20 दिन (ख) 15 दिन

(ग) 30 दिन (घ) 12 दिन

160. यंत्रणा देकर भी जब पुलिस भगत सिंह से काकोरी कांड से संबंधित कोई बात नहीं उगलवा पाई तो जज ने कितनी राशि निर्धारित कर उन्हें जमानत पर छोड़ने का आदेश दिया था?

(क) 20 हजार (ख) 30 हजार

(ग) 60 हजार (घ) 40 हजार

161. जमानत राशि का प्रबंध किशन सिंह के मित्र बैरिस्टर दुलीचंद के अलावा और किसने किया था?

(क) दौलत राम ने (ख) सुखी लाल ने

(ग) अमीरचंद ने (घ) इनमें से किसी ने नहीं

162. भगत सिंह जमानत पर रिहा हुए थे, इसलिए ऐसा कोई काम नहीं कर सकते थे, जिससे उनकी जमानत देनेवालों पर कोई आँच आए। इसलिए उन्होंने क्या करने का निर्णय लिया?

(क) संगीत सीखने का (ख) पर्यटन करने का

(ग) शांत बैठने का (घ) योगाभ्यास करने का

163. जमानत की अवधि में पिता ने भगत सिंह को व्यस्त रखने के लिए क्या खोल दिया था?

(क) पाठशाला (ख) डेयरी

(ग) दुकान (घ) व्यायामशाला

164. सरदार किशन सिंह ने किस स्थान पर भगत सिंह के लिए डेयरी खुलवाई थी?

(क) खासरियाँ (ख) जालंधर

(ग) बंगा (घ) अमृतसर

उत्तर के लिए कृपया पृष्ठ सं. 159 देखें।

165. डेयरी का संचालन करते समय भगत सिंह की दिनचर्या के बारे में इनमें से कौन सा कथन सही नहीं है?
(क) वे सुबह 4 बजे उठकर भैंसों का दूध निकालते, फिर ताँगे पर दूध के बड़े-बड़े बरतन रखकर लाहौर ले जाते।
(ख) लाहौर में ग्राहकों को दूध बेचकर रुपए-पैसे लेते और वापसी में जरूरत की वस्तुएँ लेते हुए घर लौट आते।
(ग) रात के अंधकार में डेयरी पर क्रांतिकारियों का जमावड़ा होता।
(घ) डेयरी को सरकार की तरफ से लाइसेंस जारी किया गया था।

166. डेयरी के जीवन से मुक्त होने के लिए मुकदमे का समाप्त होना जरूरी था। इस सिलसिले में भगत सिंह ने किससे बात की थी?
(क) डॉ. दुलीचंद गुप्ता
(ख) डॉ. गोपीचंद भार्गव
(ग) डॉ. राम अवतार शर्मा
(घ) इनमें से किसी से नहीं

167. किस असेंबली में गोपीचंद ने सवाल उठाया था कि यदि भगत सिंह के विरुद्ध सबूत हैं तो सरकार उन पर मुकदमा क्यों नहीं चलाती? और अगर सबूत नहीं हैं तो बिना किसी अपराध के उन्हें जमानत पर रखने का क्या औचित्य है?
(क) पंजाब असेंबली (ख) बिहार असेंबली
(ग) बंगाल असेंबली (घ) इनमें से कोई नहीं

168. हिंदुस्तान प्रजातंत्र संघ को पुनः संगठित करने के उद्देश्य से भगत सिंह के प्रयत्नों से इसकी अखिल भारतीय बैठक कहाँ आयोजित की गई थी?
(क) लुधियाना में (ख) दिल्ली में
(ग) लाहौर में (घ) पटना में

169. 'हिंदुस्तान प्रजातंत्र संघ' देश भर के क्रांतिकारियों के लिए क्या काम कर रहा था?
(क) परस्पर जोड़ने का (ख) हथियार मुहैया कराने का
(ग) आश्रय देने का (घ) इनमें से कोई नहीं

उत्तर के लिए कृपया पृष्ठ सं. 159 देखें।

170. 'हिंदुस्तान प्रजातंत्र संघ' की अखिल भारतीय बैठक 8 सितंबर, 1928 को दिल्ली में किस स्थान पर हुई थी?

(क) कनॉट प्लेस में
(ख) फिरोजशाह कोटला किले में
(ग) पंजाबी बाग में
(घ) शालीमार बाग में

171. 'हिंदुस्तान प्रजातंत्र संघ' का नाम बदलकर क्या रखा गया था?

(क) भारत प्रजातंत्र संघ
(ख) भारत प्रजातांत्रिक संगठन
(ग) हिंदुस्तान समाजवादी प्रजातांत्रिक संघ
(घ) इनमें से कोई नहीं

172. 'हिंदुस्तान समाजवादी प्रजातांत्रिक संघ' का संघपति किसे चुना गया?

(क) शचींद्रनाथ सान्याल को
(ख) बटुकेश्वर दत्त को
(ग) चंद्रशेखर आजाद को
(घ) भगत सिंह को

173. किसके नेतृत्व में क्रांतिकारियों के संगठन में नवजीवन का संचार हुआ?

(क) सुखदेव
(ख) भगत सिंह
(ग) राजगुरु
(घ) अशफाक उल्ला खाँ

174. क्रांतिकारियों की अखिल भारतीय बैठक में भगत सिंह ने बंगाल के क्रांतिकारियों की शर्तों को अस्वीकार कर दिया था। शर्तों के संबंध में इनमें से कौन सा कथन सही नहीं है?

(क) बंगाल के क्रांतिकारी केवल दल को बढ़ाने तथा हथियार एकत्र करने के पक्ष में थे।
(ख) सरकार को सतर्क करनेवाली किसी भी तरह की काररवाई को उन्होंने नकार दिया था।
(ग) वे चाहते थे कि सभी प्रांतों के क्रांतिकारी बंगाल के क्रांतिकारियों के नेतृत्व में अपनी योजनाओं को संपन्न करें।
(घ) वे संगठन का संविधान बनाने में किसी तरह का हस्तक्षेप नहीं चाहते थे।

175. ब्रिटिश सरकार ने लॉर्ड मांटेग्यू और लॉर्ड चेम्सफोर्ड के नेतृत्व में कमेटी कब गठित की थी?

(क) सन् 1915 में
(ख) सन् 1919 में
(ग) सन् 1918 में
(घ) सन् 1921 में

उत्तर के लिए कृपया पृष्ठ सं. 159 व 160 देखें।

176. लॉर्ड साइमन की अध्यक्षता में सात सदस्यीय कमीशन (आयोग) के भारत आने की घोषणा कब की गई?

(क) 6 जनवरी, 1925 को (ख) 1 जनवरी, 1926 को

(ग) 8 नवंबर, 1927 को (घ) 13 फरवरी, 1924 को

177. भारत के समाचार-पत्रों ने साइमन कमीशन के प्रति क्या रुख अपनाया था?

(क) प्रशंसा (ख) भर्त्सना

(ग) निष्पक्ष समालोचना (घ) इनमें से कोई नहीं

178. भारत के नरम और गरम दलों ने साइमन कमीशन के प्रति कैसा बरताव करने का निश्चय किया था?

(क) बहिष्कार (ख) समर्थन

(ग) सहयोग (घ) स्वागत

179. साइमन कमीशन कब बंबई पहुँचा?

(क) 3 फरवरी, 1928 को (ख) 10 दिसंबर, 1927 को

(ग) 13 जनवरी, 1925 को (घ) 16 मार्च, 1924 को

180. साइमन कमीशन के भारत आगमन के दिन देश भर में किस तरह विरोध जताया गया?

(क) धरना (ख) आम हड़ताल

(ग) नारेबाजी (घ) इनमें से कुछ नहीं

181. बंबई से साइमन कमीशन कहाँ रवाना हुआ?

(क) कलकत्ता (ख) पूना

(ग) लाहौर (घ) दिल्ली

182. मद्रास में साइमन कमीशन के विरोध में प्रदर्शन कर रहे कितने लोगों को अंग्रेजों ने मार दिया?

(क) दो (ख) चार

(ग) तीन (घ) पाँच

183. 'हिंदुस्तानी समाजवादी प्रजातांत्रिक संघ' की केंद्रीय समिति की बैठक में भगत सिंह ने बम फेंककर साइमन कमीशन का विरोध जताने का प्रस्ताव रखा था। बाद में इस प्रस्ताव को क्यों रद्द करना पड़ा था?

(क) सदस्यों की असहमति के कारण (ख) हथियारों की किल्लत के कारण

(ग) पुलिस की सख्ती के कारण (घ) आर्थिक संकट के कारण

उत्तर के लिए कृपया पृष्ठ सं. 160 देखें।

184. लाहौर में साइमन कमीशन के बहिष्कार की जिम्मेदारी किसे सौंपी गई थी?
(क) आर्यसमाज को (ख) नौजवान भारत सभा को
(ग) आर्य भारत संघ को (घ) इनमें से किसी को नहीं

185. 'नौजवान भारत सभा' ने किसके नेतृत्व में साइमन कमीशन के विरोध में प्रदर्शन करने का फैसला किया था?
(क) लाला लाजपत राय के (ख) सरदार किशन सिंह के
(ग) हरदयाल के (घ) भगत सिंह के

186. जिस अंग्रेज अधिकारी ने लाला लाजपत राय के माथे पर जोरदार प्रहार किया था, उसका क्या नाम था?
(क) ए.एल. स्मिथ (ख) एस.पी. सांडर्स
(ग) डब्ल्यू.एच. रोजर्स (घ) इनमें से कोई नहीं

187. घायल होने के बाद लाला लाजपत राय ने लाहौर में विशाल जनसभा को संबोधित करते हुए निम्न कथन कहा था। इसमें खाली स्थान को उचित शब्द देकर भरें।
"मैं घोषणा करता हूँ कि मुझ पर पड़ी एक-एक लाठी ब्रिटिश सरकार के कफन में अंतिम ··· का काम करेगी।"
(क) नश्तर (ख) चोट
(ग) वार (घ) कील

188. 'पंजाब केसरी' लाला लाजपत राय का देहावसान कब हुआ था?
(क) 17 नवंबर, 1928 को (ख) 11 नवंबर, 1928 को
(ग) 15 नवंबर, 1928 को (घ) 18 नवंबर, 1928 को

189. क्रांतिकारियों ने लाला लाजपत राय की मौत का बदला लेने के लिए किस अंग्रेज अधिकारी को मारने का निर्णय लिया था?
(क) एस.पी. सांडर्स (ख) ए.एल. स्मिथ
(ग) स्कॉट (घ) डब्ल्यू.एच. रोजर्स

190. स्कॉट का वध करने के अभियान की जिम्मेदारी किस क्रांतिकारी को सौंपी गई थी?
(क) चंद्रशेखर आजाद को (ख) सुखदेव को
(ग) भगत सिंह को (घ) राजगुरु को

उत्तर के लिए कृपया पृष्ठ सं. 160 देखें।

191. क्रांतिकारियों ने स्कॉट के धोखे में किस ब्रिटिश अधिकारी को यमलोक पहुँचा दिया था?

(क) रोजर्स को (ख) स्मिथ को

(ग) विलियम को (घ) सांडर्स को

192. स्कॉट पर नजर रखने की जिम्मेदारी किस क्रांतिकारी को सौंपी गई थी?

(क) सुखदेव को (ख) भगत सिंह को

(ग) राजगुरु को (घ) जयगोपाल को

193. स्कॉट पर पहली गोली राजगुरु ने चलाई थी। फिर उसपर किस क्रांतिकारी ने गोलियों की बौछार कर दी थी?

(क) चंद्रशेखर आजाद ने (ख) भगत सिंह ने

(ग) सुखदेव ने (घ) अशफाक उल्ला खाँ ने

194. सांडर्स के वध के बाद जो स्थिति पैदा हुई थी, उसके बारे में इनमें से कौन सा कथन सही नहीं है?

(क) जनता के मन की साध पूरी हो गई थी और वह खुशी के मारे उछल रही थी।

(ख) इस घटना के बाद चारों तरफ तहलका मच गया था।

(ग) सेना ने लाहौर में फ्लैग मार्च किया था।

(घ) ब्रिटिश सरकार का सिर शर्म से झुक गया था।

195. किसकी सहायता से भगत सिंह वेश बदलकर लाहौर से कलकत्ता पहुँचे थे?

(क) शचींद्रनाथ सान्याल (ख) भगवतीचरण वोहरा

(ग) बटुकेश्वर दत्त (घ) दुर्गा भाभी

196. भगत सिंह और दुर्गा भाभी के साथ नौकर के वेश में कौन क्रांतिकारी कलकत्ता गए थे?

(क) सुखदेव (ख) जयगोपाल

(ग) राजगुरु (घ) अशफाक उल्ला खाँ

□

उत्तर के लिए कृपया पृष्ठ सं. 160 देखें।

3

आहुति

197. जिस रेलगाड़ी से भगत सिंह लाहौर से कलकत्ता पहुँचे थे, चंद्रशेखर आजाद भी उसी रेलगाड़ी में किस वेश में सवार हुए थे?

(क) साधु
(ख) व्यापारी
(ख) पंडा
(घ) वकील

198. दुर्गा भाभी ने कलकत्ता पहुँचने से पहले किसे तार भेजकर अपने साथ भगत सिंह के आने की सूचना दी थी?

(क) रासबिहारी बोस को
(ख) शचींद्रनाथ सान्याल को
(ग) बटुकेश्वर दत्त को
(घ) सुशीला दीदी को

199. भगत सिंह ने जब नेशनल कॉलेज में प्रवेश लिया, तब वहाँ के प्रधानाचार्य कौन थे?

(क) प्रणत कुमार
(ख) भाई परमानंद
(ग) जयचंद्र विद्यालंकार
(घ) जुगल किशोर

200. कलकत्ता में भगत सिंह किस नाम से जाने जाते थे?

(क) मोशाई
(ख) भोला
(ग) हरि
(घ) राखाल

201. कलकत्ता में भगत सिंह किस तरह की पोशाक पहनते थे?

(क) पैंट-शर्ट
(ख) धोती-कुरता
(ग) पाजामा-कुरता
(घ) इनमें से कुछ नहीं

उत्तर के लिए कृपया पृष्ठ सं. 160 देखें।

202. कलकत्ता में आयोजित कांग्रेस अधिवेशन के अध्यक्ष कौन थे?
(क) महात्मा गांधी (ख) सुभाषचंद्र बोस
(ग) मोतीलाल नेहरू (घ) मोहम्मद अली जिन्ना

203. कलकत्ता कांग्रेस में प्रस्ताव पारित किया गया—"एक रात के अंदर सरकार ने अगर नेहरू कमेटी की रिपोर्ट स्वीकार कर देश को सीमित स्वराज्य नहीं दिया तो कांग्रेस फिर कभी भी संपूर्ण स्वराज्य प्राप्त किए बिना किसी भी प्रकार के समझौते को स्वीकार नहीं करेगी।" इस प्रस्ताव से भगत सिंह के मन में कैसी प्रतिक्रिया हुई थी?
(क) प्रसन्नता (ख) क्षोभ
(ग) हताशा (घ) इनमें से कोई नहीं

204. कलकत्ता में मोतीलाल नेहरू का स्वागत कितने घोड़ों की गाड़ी में बिठाकर जुलूस निकालकर किया गया था?
(क) 20 (ख) 36
(ग) 32 (घ) 32

205. भगत सिंह ने असेंबली में बम फेंकने की योजना कहाँ बनाई थी?
(क) लाहौर में (ख) लखनऊ में
(ग) कलकत्ता में (घ) आगरा में

206. भगत सिंह का फेल्ट हैट वाला जो चित्र दुनिया भर में प्रसिद्ध हुआ, वह कहाँ खींचा गया था?
(क) कलकत्ता में (ख) दिल्ली में
(ग) बंबई में (घ) आगरा में

207. भगत सिंह ने असेंबली में बम फेंकने की योजना के संबंध में कलकत्ता में अनुशीलन समिति के किस नेता से बातचीत की थी?
(क) राजदेव गुप्त (ख) प्रतुलचंद्र गांगुली
(ग) विश्वनाथ बनर्जी (घ) आमोदचंद्र मुखर्जी

208. प्रतुलचंद्र गांगुली ने भगत सिंह को आशीर्वाद के साथ ही और क्या दिया था?
(क) बम बनाने का सामान (ख) दो रिवॉल्वर
(ग) पर्याप्त धन (घ) इनमें से कुछ नहीं

उत्तर के लिए कृपया पृष्ठ सं. 160 देखें।

209. भगत सिंह ने लाहौर नेशनल कॉलेज के विद्यार्थी के रूप में किस फ्रांसीसी क्रांतिकारी के ये शब्द 'बहरों को सुनाने के लिए धमाके की जरूरत है' पढ़े थे और निरंतर प्रभावित होते रहे थे?

(क) ज्याँ जेने (ख) बेलाँ

(ग) रोलाँ (घ) इनमें से कोई नहीं

210. भगत सिंह कलकत्ता से कहाँ पहुँचे थे?

(क) आगरा (ख) दिल्ली

(ग) लाहौर (घ) अमृतसर

211. भगत सिंह ने बम बनाने की जो तैयारी शुरू की, उसके संबंध में इनमें से कौन सा कथन सही नहीं है?

(क) भगत सिंह यतींद्रनाथ दास से मिले, जो बम बनाने की कला में निपुण थे और हर तरह का सहयोग देने के लिए तैयार थे।

(ख) इस काम का आरंभ कलकत्ता के ही एक क्रांतिकारी के घर गन कॉटन बनाने से किया गया।

(ग) फिर गन कॉटन और अन्य रासायनिक सामग्री लेकर भगत सिंह अपने सहयोगियों के साथ दो टुकड़ियों में आगरा पहुँचे।

(घ) बम बनाने के लिए विदेशी विशेषज्ञ को भी बुला लिया गया।

212. आगरा में दो घर किराए पर लेकर बम बनाने के कारखाने बनाए गए। एक घर हींग मंडी में था तो दूसरा घर किस इलाके में था?

(क) सब्जी मंडी

(ख) किराना बाजार

(ग) नमक मंडी

(घ) इनमें से कोई नहीं

213. लाहौर में किस क्रांतिकारी ने बम बनाने का कारखाना खोला था?

(क) राजगुरु ने (ख) यशपाल ने

(ग) बटुकेश्वर दत्त ने (घ) सुखदेव ने

214. सहारनपुर में किस क्रांतिकारी ने बम बनाने का कारखाना खोला था?

(क) विजय कुमार सिन्हा ने (ख) फणींद्र घोष ने

(ग) शिव वर्मा ने (घ) सुखदेव ने

उत्तर के लिए कृपया पृष्ठ सं. 160 देखें।

215. सांडर्स वध के बाद क्रांतिकारियों की प्रतिष्ठा बढ़ी थी। इस तरह उन्हें आसानी से क्या मिलने लगा था?

(क) आश्रय (ख) हथियार

(ग) प्रशंसा (घ) धन

216. असेंबली में बम फेंकने की तैयारी करने के लिए दिल्ली के किस इलाके में एक मकान किराए पर लिया गया था?

(क) चावड़ी बाजार में (ख) सीताराम बाजार में

(ग) करोल बाग में (घ) दरियागंज में

217. दिल्ली में रहकर स्थिति का अध्ययन करने और असेंबली भवन का पास हासिल करने की जिम्मेदारी किसे सौंपी गई थी?

(क) जयदेव कपूर को (ख) विजय कुमार सिन्हा को

(ग) शिव वर्मा को (घ) सुखदेव को

218. जयदेव कपूर ने असेंबली भवन का पास हासिल करने के लिए किससे संपर्क स्थापित किया था?

(क) पुस्तकालयाध्यक्ष से (ख) मोतीलाल नेहरू से

(ग) सुरक्षा प्रभारी से (घ) कुछ कांग्रेसी सदस्यों से

219. जयदेव कपूर ने कांग्रेसी सदस्यों को अपना परिचय हिंदू कॉलेज के किस विषय के विद्यार्थी के रूप में दिया था?

(क) गणित (ख) अर्थशास्त्र

(ग) अंग्रेजी (घ) विज्ञान

220. स्थान और स्थिति का जायजा लेने के लिए एक दिन भगत सिंह असेंबली में गए, तब दाढ़ी-मूँछ मुँड़वा लेने के बावजूद किसने उन्हें पहचान लिया था?

(क) जिन्ना ने (ख) सैफुद्दीन किचलू ने

(ग) मोतीलाल नेहरू ने (घ) मदन मोहन मालवीय ने

221. क्रांतिकारियों के प्रति सैफुद्दीन किचलू का व्यवहार कैसा था?

(क) विरोधी

(ख) हमदर्द

(ग) उदासीन

(घ) इनमें से कोई नहीं

उत्तर के लिए कृपया पृष्ठ सं. 160 देखें।

222. सैफुद्दीन किचलू ने भगत सिंह को क्या वचन दिया था?

(क) पास देने का | (ख) सुरक्षा देने का
(ग) बम देने का | (घ) सहायता देने का

223. क्रांतिकारियों ने तय किया कि जिस दिन 'जन सुरक्षा बिल' और 'औद्योगिक विवाद बिल' को वायसराय के विशेष अधिकार से कानून बनाने की घोषणा की जाए, असेंबली में बम उसी दिन फेंके जाएँ। इस संदर्भ में कौन सा कथन सही नहीं है?

(क) जन सुरक्षा बिल का उद्देश्य समाजवादी विचारों और उनके प्रचार-प्रसार को रोकना था।
(ख) औद्योगिक विवाद बिल का उद्देश्य मजदूरों को हड़ताल के अधिकार से वंचित करना था।
(ग) दोनों दमनकारी बिल क्रांतिकारी विचारों और क्रांतिकारी शक्तियों को कुचलने के लिए बनाए गए थे।
(घ) जिस दिन बिलों को पेश होना था, उसी दिन महारानी विक्टोरिया का जन्मदिन भी था।

224. जन सुरक्षा बिल और औद्योगिक विवाद बिल असेंबली में कब पारित होने वाले थे?

(क) 9 जून, 1930 को | (ख) 7 मार्च, 1930 को
(ग) 8 अप्रैल, 1930 को | (घ) 4 फरवरी, 1930 को

225. मार्च 1930 में ब्रिटिश सरकार ने जो दमनकारी कदम उठाए, उसके संदर्भ में कौन सा कथन सही नहीं है?

(क) देश भर के प्रसिद्ध मजदूर नेताओं को गिरफ्तार किया गया।
(ख) मजदूर नेताओं पर मेरठ शहर में मुकदमा चलाया गया।
(ग) मजदूर नेताओं पर क्रांतिकारियों के साथ साँठ-गाँठ होने का आरोप लगाया गया।
(घ) मजदूर इतिहास में यह सबसे लंबा और सबसे विस्तृत मुकदमा था।

226. असेंबली में बम फेंकने की योजना के संदर्भ में मेरठ षड्यंत्र केस की कैसी भूमिका रही?

(क) संशय पैदा हुआ | (ख) अनुकूल वातावरण पैदा हुआ
(ग) उदासीनता पैदा हुई | (घ) इनमें से कोई नहीं

उत्तर के लिए कृपया पृष्ठ सं. 160 व 161 देखें।

227. क्रांतिकारियों के संगठन ने कितने सदस्यों को असेंबली में बम फेंकने के लिए भेजने का निर्णय किया था?

(क) पाँच (ख) एक

(ग) दो (घ) तीन

228. केंद्रीय समिति ने शिव वर्मा के अलावा और किस क्रांतिकारी को असेंबली में बम फेंकने के लिए चुना था?

(क) बटुकेश्वर दत्त को (ख) भगत सिंह को

(ग) राजगुरु को (घ) सुखदेव को

229. भगत सिंह को असेंबली में बम फेंकने के लिए कौन क्रांतिकारी भेजना चाहता था?

(क) चंद्रशेखर आजाद

(ख) सुखदेव

(ग) शचींद्रनाथ सान्याल

(घ) राजगुरु

230. सुखदेव क्रांतिकारी संगठन की किस शाखा के प्रभारी थे?

(क) दिल्ली (ख) बंगाल

(ग) पंजाब (घ) इनमें से कोई नहीं

231. सुखदेव चाहते थे कि भगत सिंह असेंबली में बम फेंकने के लिए अवश्य जाएँ, क्योंकि दल के उद्देश्यों की व्याख्या कोई दूसरा नहीं कर सकता था। इस संदर्भ में इनमें से कौन सा कथन सही नहीं है?

(क) केंद्रीय समिति भगत सिंह को इसलिए नहीं भेजना चाहती थी, क्योंकि सांडर्स वध के सिलसिले में भगत सिंह के पकड़े जाने पर फाँसी हो सकती थी।

(ख) बम फेंकने के बाद गिरफ्तार होना ही था, क्योंकि अदालत के मंच से फ्रांसीसी क्रांतिकारी बेलाँ की तरह दल के उद्देश्य का प्रचार करना था।

(ग) सुखदेव ने 'कायर' कहते हुए भगत सिंह को उलाहना दिया और उन्हें बम फेंकने के लिए तैयार होने हेतु प्रेरित किया।

(घ) भगत सिंह के पिता के अनुरोध पर केंद्रीय समिति ने उन्हें असेंबली में नहीं भेजने का फैसला किया था।

उत्तर के लिए कृपया पृष्ठ सं. 161 देखें।

132. भगत सिंह के आग्रह पर जब केंद्रीय समिति की बैठक फिर बुलाई गई तो असेंबली में बम फेंकने के लिए भगत सिंह के अलावा किस क्रांतिकारी को भेजने का फैसला किया गया?

(क) सुखदेव (ख) बटुकेश्वर दत्त

(ग) शिव वर्मा (घ) राजगुरु

233. भगत सिंह और बटुकेश्वर दत्त ने असेंबली में बम कब फेंका था?

(क) 8 अप्रैल, 1930 (ख) 10 अप्रैल, 1930

(ग) 9 अप्रैल, 1930 (घ) 11 अप्रैल, 1930

234. असेंबली में बम विस्फोट के बाद सभी नेता भाग खड़े हुए। केवल मोतीलाल नेहरू और मदन मोहन मालवीय के साथ एक और नेता अपनी बेंच पर बैठे दिखाई दिए। उस नेता का नाम क्या था?

(क) सैफुद्दीन किचलू (ख) मुहम्मद अली जिन्ना

(ग) आगा खाँ (घ) इनमें से कोई नहीं

235. बम विस्फोट के बाद भी भगत सिंह और बटुकेश्वर दत्त अपनी जगह पर धीर-स्थिर खड़े भगदड़ देख रहे थे। दोनों ने 'इनकलाब जिंदाबाद' तथा 'साम्राज्यवाद मुर्दाबाद' के नारे लगाते हुए लाल रंग के परचे फेंके, जिनकी प्रारंभिक पंक्ति की खाली जगह को भरें—

"बहरों को सुनाने के लिए···की आवश्यकता होती है।"

(क) दवा (ख) पानी

(ग) शोर (घ) धमाके

236. असेंबली में बम विस्फोट के समय सार्जेंट हेरी के साथ एक गोरा इंस्पेक्टर भी मौजूद था। उसका नाम क्या था?

(क) पीटरसन (ख) ग्रियर्सन

(ग) जॉनसन (घ) इमर्सन

237. बम फेंकते समय दोनों क्रांतिकारियों ने किस तरह की एहतियात बरती थी?

(क) बम दीवार से टकराए

(ख) वार खाली न जाए

(ग) किसी की जान न जाए

(घ) इनमें से कोई नहीं

उत्तर के लिए कृपया पृष्ठ सं. 161 देखें।

238. वायसराय की ट्रेन को उड़ाने का प्रयत्न कब हुआ था?
(क) 10 जनवरी, 1926 को (ख) 19 अक्तूबर, 1925 को
(ग) 23 दिसंबर, 1929 को (घ) 14 जनवरी, 1927 को

239. लाहौर कांग्रेस में बंगाल के कांग्रेसी नेता सेनगुप्त ने वायसराय की ट्रेन में विस्फोट के पीछे किसका हाथ बताया था?
(क) विदेशियों का
(ख) क्रांतिकारियों का
(ग) सरकार के खुफिया विभाग का
(घ) इनमें से किसी का नहीं

240. क्रांतिकारियों की निंदा करते हुए महात्मा गांधी ने 'बम संस्कृति' नामक एक लेख लिखा था, जिसके जवाब में क्रांतिकारियों ने एक परचा बँटवाया था। उस परचे का शीर्षक क्या था?
(क) बम की उपयोगिता
(ख) बम का जवाब नहीं
(ग) बम ही भविष्य है
(घ) बम का दर्शन

241. 'बम का दर्शन' परचे को पूरे देश में कब बाँटा गया था?
(क) 15 अगस्त, 1929 को (ख) 26 जनवरी, 1930 को
(ग) 19 मई, 1930 को (घ) 31 दिसंबर, 1930 को

242. भगत सिंह और बटुकेश्वर दत्त को 8 अप्रैल, 1929 से लेकर कब तक पुलिस हिरासत में रखा गया था?
(क) 20 अप्रैल, 1929 तक (ख) 22 अप्रैल, 1929 तक
(ग) 21 अप्रैल, 1929 तक (घ) 23 अप्रैल, 1929 तक

243. पुलिस हिरासत से भगत सिंह और बटुकेश्वर दत्त को कहाँ भेजा गया?
(क) आगरा जेल (ख) मेरठ जेल
(ग) दिल्ली जेल (घ) कानपुर जेल

244. सरदार किशन सिंह दिल्ली जेल में भगत सिंह से पहली बार कब मिले थे?
(क) 26 अप्रैल, 1929 को (ख) 1 जून, 1929 को
(ग) 3 मई, 1929 को (घ) 30 जून, 1929 को

उत्तर के लिए कृपया पृष्ठ सं. 161 देखें।

245. भगत सिंह एवं बटुकेश्वर दत्त असेंबली में गिरफ्तार हुए और फिर उन्होंने अदालत का उपयोग किस रूप में किया?
(क) स्वयं को बेगुनाह साबित करने के लिए
(ख) बिटिश सरकार की भर्त्सना करने के लिए
(ग) अपने विचारों के प्रचार के लिए
(घ) साथियों की रिहाई के लिए

246. जेल के अंदर अंग्रेज मजिस्ट्रेट पुल की अदालत में भगत सिंह और बटुकेश्वर दत्त के खिलाफ केस कब शुरू हुआ था?
(क) 7 मई, 1929 को (ख) 3 मई, 1929 को
(ग) 7 जून, 1929 को (घ) 19 मई, 1929 को

247. भगत सिंह ने जेल के अंदर मुकदमे का विरोध करते हुए किस अदालत में अपना बयान देने का ऐलान किया था?
(क) जिला जज की अदालत में
(ख) सेशन जज की अदालत में
(ग) सिविल जज की अदालत में
(घ) इनमें से कोई नहीं

248. भगत सिंह और बटुकेश्वर दत्त के खिलाफ सेशन जज मिडल्टन की अदालत में मुकदमे की सुनवाई कब शुरू हुई थी?
(क) 30 मई, 1929 को (ख) 4 जून, 1929 को
(ग) 18 मई, 1929 को (घ) 5 जून, 1929 को

249. सेशन जज की अदालत में मुकदमे की सुनवाई कब समाप्त हुई?
(क) 6 जून, 1929 को (ख) 7 जून, 1929 को
(ग) 5 जून, 1929 को (घ) 10 जून, 1929 को

250. सेशन जज ने भगत सिंह और बटुकेश्वर दत्त को कब सजा सुनाई थी?
(क) 10 जून, 1929 को (ख) 11 जून, 1929 को
(ग) 12 जून, 1929 को (घ) 13 जून, 1929 को

251. भगत सिंह और बटुकेश्वर दत्त को सेशन जज ने क्या सजा सुनाई थी?
(क) फाँसी (ख) 10 वर्ष का सश्रम कारावास
(ग) आजीवन कारावास (घ) इनमें से कोई नहीं

उत्तर के लिए कृपया पृष्ठ सं. 161 देखें।

252. सजा सुनाने के बाद भगत सिंह को किस जेल में भेजा गया?
(क) दिल्ली (ख) मियाँवाली
(ग) लाहौर (घ) आगरा

253. सजा सुनाने के बाद बटुकेश्वर दत्त को किस जेल में भेजा गया?
(क) लाहौर (ख) आगरा
(ग) मियाँवाली (घ) दिल्ली

254. सेशन जज के फैसले की अपील कहाँ की गई?
(क) दिल्ली हाई कोर्ट (ख) कलकत्ता हाई कोर्ट
(ग) बंबई हाई कोर्ट (घ) लाहौर हाई कोर्ट

255. हाई कोर्ट में सेशन जज के फैसले की अपील का उद्देश्य क्या था?
(क) बचाव करना
(ख) माफी माँगना
(ग) क्रांतिकारी विचारों का प्रचार करना
(घ) इनमें से कोई नहीं

256. लाहौर हाई कोर्ट में मामले की सुनवाई करनेवाले एक न्यायाधीश का नाम फोर्ड था। दूसरे न्यायाधीश का नाम क्या था?
(क) जॉनसन (ख) जैकसन
(ग) ग्रियर्सन (घ) एडीसन

257. लाहौर हाई कोर्ट ने अपना फैसला कब सुनाया था?
(क) 13 जनवरी, 1930 को (ख) 1 जनवरी, 1930 को
(ग) 30 दिसंबर, 1929 को (घ) 20 जनवरी, 1930 को

258. लाहौर हाई कोर्ट ने सेशन जज के फैसले के प्रति क्या रुख अपनाया था?
(क) फैसला बदला
(ख) फैसले की निंदा की
(ग) फैसले की सराहना की
(घ) फैसले को बहाल रखा

259. भगत सिंह की अगुआई में जेलों में भूख हड़ताल कब शुरू हुई?
(क) 10 मई, 1929 को (ख) 4 फरवरी, 1929 को
(ग) 12 मई, 1929 को (घ) 14 जून, 1929 को

उत्तर के लिए कृपया पृष्ठ सं. 161 देखें।

260. भगत सिंह की अगुआई में कैदियों की भूख हड़ताल कब तक चली?
(क) 5 अक्तूबर 1929 तक
(ख) जुलाई 1929 तक
(ग) अगस्त 1929 तक
(घ) सितंबर 1929 तक

261. 30 जून, 1929 को देशवासियों ने कौन सा दिवस मनाया?
(क) महात्मा गांधी दिवस (ख) नेहरू दिवस
(ग) भगत सिंह दिवस (घ) आजाद दिवस

262. सांडर्स वध मुकदमे में किसे मुख्य अभियुक्त बनाया गया?
(क) सुखदेव को (ख) भगत सिंह को
(ग) राजगुरु को (घ) बटुकेश्वर दत्त को

263. सांडर्स वध संबंधी मुकदमा कब शुरू हुआ?
(क) 1 जून, 1929 को (ख) 7 अगस्त, 1929 को
(ग) 2 मई, 1929 को (घ) 10 जून, 1929 को

264. सांडर्स वध संबंधी मुकदमा किसकी अदालत में शुरू हुआ?
(क) मजिस्ट्रेट स्मिथ
(ख) मजिस्ट्रेट श्रीकृष्ण
(ग) मजिस्ट्रेट हैदर अली
(घ) मजिस्ट्रेट विलियम

265. मजिस्ट्रेट श्रीकृष्ण की अदालत में भगत सिंह को किस तरह लाया गया?
(क) कंधे पर उठाकर (ख) स्ट्रेचर पर
(ग) चारपाई पर लिटाकर (घ) इनमें से कोई नहीं

266. भगत सिंह ने जब भूख हड़ताल शुरू की, तब उनका वजन कितना था?
(क) 121 पाउंड (ख) 137 पाउंड
(ग) 133 पाउंड (घ) 140 पाउंड

267. ब्रिटिश सरकार ने जेल की परिस्थितियों की जाँच करने के लिए एक उप-समिति का गठन कब किया था?
(क) 1 अगस्त, 1929 को (ख) 3 सितंबर, 1929 को
(ग) 2 सितंबर, 1929 को (घ) 5 अगस्त, 1929 को

उत्तर के लिए कृपया पृष्ठ सं. 161 देखें।

268. उप-समिति ने आमरण अनशन कर रहे यतींद्रनाथ दास को रिहा करने के लिए क्या शर्त रखी थी?
(क) दास माफी माँग लें
(ख) दास सरकारी गवाह बन जाएँ
(ग) सारे क्रांतिकारी भूख-हड़ताल छोड़ दें
(घ) इनमें से कोई नहीं

269. यतींद्रनाथ दास कब शहीद हुए थे?
(क) 13 सितंबर, 1929 को (ख) 4 सितंबर, 1929 को
(ग) 8 सितंबर, 1929 को (घ) 1 सितंबर, 1929 को

270. भगत सिंह ने किस क्रांतिकारी की स्मृति में कविता लिखी थी?
(क) मैकस्वनी (ख) यतींद्रनाथ दास
(ग) पं. रामरखा (घ) इनमें से कोई नहीं

271. भगत सिंह की अगुआई में जेलों में बंद क्रांतिकारियों की भूख हड़ताल कितने दिनों तक चली थी?
(क) 101 दिन (ख) 114 दिन
(ग) 105 दिन (घ) 111 दिन

272. भगत सिंह अपने साथियों के साथ अदालत में किस क्रांतिकारी की लिखी हुई गजल गाते थे?
(क) चंद्रशेखर आजाद (ख) बटुकेश्वर दत्त
(ग) रामप्रसाद बिस्मिल (घ) यतींद्रनाथ दास

273. ब्रिटिश सरकार ने भगत सिंह के खिलाफ मुकदमे को जल्द खत्म करने के लिए एक खास ट्रिब्यूनल का गठन कब किया था?
(क) 1 मई, 1930 को (ख) 1 जून, 1930 को
(ग) 1 जनवरी, 1930 को (घ) 1 जुलाई, 1930 को

274. स्पेशल ट्रिब्यूनल में जज जे. कोल्ड स्ट्रीम, जज आगा हैदर के अलावा एक और जज को शामिल किया गया था। उस जज का नाम क्या था?
(क) एडीसन (ख) जॉनसन
(ग) हिल्टन (घ) एडविन

उत्तर के लिए कृपया पृष्ठ सं. 161 व 162 देखें।

275. मुकदमे की सुनवाई के दौरान जब जज कोल्ड स्ट्रीम ने भगत सिंह को लाठियों से पिटवाया और भारतीयों को गाली दी तो किसने उस दिन की काररवाई पर हस्ताक्षर करने से इनकार कर दिया?

(क) मुंसिफ (ख) एडविन

(ग) हिल्टन (घ) जज आगा हैदर

276. स्पेशल ट्रिब्यूनल का नए सिरे से गठन कब किया गया था?

(क) 10 जून, 1930 को (ख) 19 जून, 1930 को

(ग) 12 जून, 1930 को (घ) 21 जून, 1930 को

277. भगत सिंह अपने साथियों के साथ लाल रूमाल बाँधकर किस अवसर पर अदालत में गए थे?

(क) लेनिन दिवस (ख) अंतरराष्ट्रीय मानवता दिवस

(ग) क्रांति दिवस (घ) इनमें से कोई नहीं

278. भगत सिंह, सुखदेव और राजगुरु को फाँसी की सजा कब सुनाई गई थी?

(क) 7 अक्तूबर, 1930 को (ख) 5 अगस्त, 1930 को

(ग) 7 सितंबर, 1930 को (घ) 9 जून, 1930 को

279. फाँसी की सजा का आदेश कितने पृष्ठों पर फैला हुआ था?

(क) 100 (ख) 311

(ग) 281 (घ) 319

280. भगत सिंह एवं उनके साथियों को फाँसी की सजा कहाँ सुनाई गई थी?

(क) लाहौर सेंट्रल जेल में

(ख) स्पेशल ट्रिब्यूनल की अदालत में

(ग) दिल्ली जेल में

(घ) इनमें से कहीं नहीं

281. भगत सिंह के पिता किशन सिंह ने भगत सिंह के मुकदमे की सुनवाई करनेवाले ट्रिब्यूनल और वायसराय के नाम याचिका पेश कर कब अनुरोध किया था कि भगत सिंह को अपना बचाव करने का मौका दिया जाना चाहिए?

(क) अगस्त 1930 में (ख) सितंबर 1930 में

(ग) मई 1930 में (घ) अक्तूबर 1930 में

उत्तर के लिए कृपया पृष्ठ सं. 162 देखें।

282. भगत सिंह ने अपने पिता की याचिका के प्रति क्या रुख अपनाया था?
(क) समर्थन (ख) विरोध
(ग) सराहना (घ) इनमें से कोई नहीं

283. क्रांतिकारी भगवतीचरण वोहरा बम परीक्षण करते हुए दुर्घटना में कब मारे गए थे?
(क) 28 मई, 1930 को (ख) 13 जून, 1930 को
(ग) 10 जनवरी, 1930 को (घ) 15 जून, 1930 को

284. जेल की कोठरी में बैठकर भगत सिंह ने किस काव्य-पुस्तक की भूमिका लिखी थी?
(क) मदर इंडिया (ख) ड्रीम लैंड
(ग) माई नेशन (घ) ब्लू स्काई

285. 20 मार्च, 1931 को भगत सिंह ने पंजाब के गवर्नर को पत्र लिखकर क्या अनुरोध किया था?
(क) उन्हें रिहा किया जाए
(ख) उन्हें काला पानी की सजा दी जाए
(ग) उन्हें गोली से उड़ा दिया जाए
(घ) इनमें से कोई नहीं

286. भगत सिंह, राजगुरु और सुखदेव को कब फाँसी दी गई?
(क) 23 मार्च, 1931 को (ख) 12 मार्च, 1931 को
(ग) 10 मार्च, 1931 को (घ) 15 मार्च, 1931 को

287. भगत सिंह और उनके साथियों के शवों को चुपचाप जलाकर किस नदी में बहाया गया था?
(क) सिंधु नदी में (ख) गंगा नदी में
(ग) गोदावरी नदी में (घ) सतलुज नदी में

□

उत्तर के लिए कृपया पृष्ठ सं. 162 देखें।

4

विचार एवं दर्शन

288. भगत सिंह के अनुसार, जो हुकूमत कमीनी हरकतों में आश्रय खोजती है, जो हुकूमत व्यक्ति के कुदरती अधिकार छीनती है, उसे क्या करने का अधिकार नहीं है?

(क) सत्ता में रहने का (ख) अध्यादेश जारी करने का

(ग) शासन करने का (घ) जीवित रहने का

289. हिंसा के संबंध में भगत सिंह का कौन सा कथन सही नहीं है?

(क) हिंसा तभी न्यायोचित है, जब किसी विकट आवश्यकता में उसका सहारा लिया जाए।

(ख) आक्रामक उद्‌देश्य से जब बल-प्रयोग होता है तो उसे हिंसा कहते हैं।

(ग) हिंसा का अर्थ है—अन्याय के लिए किया गया बल-प्रयोग; परंतु क्रांतिकारियों का तो यह उद्‌देश्य नहीं है।

(घ) हिंसा से लक्ष्य को हासिल किया जा सकता है।

290. भगत सिंह के अनुसार, स्वाध्याय का सर्वश्रेष्ठ भाग क्या है?

(क) स्वयं कष्टों को सहना

(ख) दूसरों के कष्टों को बाँटना

(ग) अपना काम स्वयं करना

(घ) इनमें से कोई नहीं

291. भगत सिंह के विचार से, पूर्ण स्वतंत्रता कैसा आदर्श है?

(क) स्वच्छंदतावादी (ख) रहस्यवादी

(ग) अराजकतावादी (घ) अध्यात्मवादी

उत्तर के लिए कृपया पृष्ठ सं. 162 देखें।

292. भगत सिंह के विचार से, स्वतंत्रता राष्ट्र के लिए क्या है?

(क) आत्मा (ख) प्राण

(ग) शरीर (घ) शोभा

293. भगत सिंह के निम्नलिखित कथन में रिक्त स्थान को एक शब्द से पूरा करें—
"हमारी आजादी का अर्थ केवल अंग्रेजी चंगुल से छुटकारा पाना नहीं, वह पूर्ण स्वतंत्रता है—जब लोग परस्पर घुल-मिलकर रहेंगे और···गुलामी से भी आजाद हो जाएँगे।"

(क) पुरानी (ख) मानसिक

(ग) वैचारिक (घ) दिमागी

294. भगत सिंह के अनुसार, जब न तो मन पर भगवान् या धर्म का भूत सवार हो, न माया या सरकारी जंजीर कसी हो तो इस स्थिति को क्या कहेंगे?

(क) मानसिक शांति

(ख) पूर्ण स्वतंत्रता

(ग) वैचारिक आनंद

(घ) इनमें से कोई नहीं

295. भगत सिंह के अनुसार, स्वतंत्रता प्रत्येक मनुष्य के लिए क्या है?

(क) धरोहर (ख) स्वाभाविक गुण

(ग) विरासत (घ) अमिट अधिकार

296. भगत सिंह ने कहा था कि जीने की इच्छा उनके भीतर भी थी, लेकिन जीवित रहने की उनकी शर्त क्या थी?

(क) देश को आजादी मिल जाए

(ख) काले कानून खत्म हो जाएँ

(ग) उन्हें कैद होकर जीना न पड़े

(घ) इनमें से कोई नहीं

297. भगत सिंह के अनुसार, मनुष्य अपने स्वभाव के अनुसार, किसके बिना नहीं रह सकता?

(क) शासन (ख) कानून

(ग) अनुशासन (घ) सरकार

उत्तर के लिए कृपया पृष्ठ सं. 162 देखें।

298. भगत सिंह ने भारतीय युवाओं से जागने का आह्वान करते हुए किसकी गोद में सोने से मना किया था?

(क) माता (ख) अकर्मण्यता

(ग) दादी (घ) कापुरुषता

299. भगत सिंह के अनुसार, दुनिया की सेवा किस तरह होती है?

(क) परोपकार से (ख) विनम्रता से

(ग) समाज-सेवा से (घ) अपना घर तबाह करके

300. मानवता की प्रगति के अटूट अंग के रूप में भगत सिंह ने किस सिद्धांत को आवश्यक बताया था?

(क) सेवा (ख) सुधार

(ग) मानवता (घ) करुणा

301. भगत सिंह के अनुसार, क्रांतिकारी को आत्म-बलिदान करने की प्रेरणा किससे मिलती है?

(क) जनता से (ख) सहानुभूति की आकांक्षा से

(ग) यश की आकांक्षा से (घ) सद्विवेक से

302. भगत सिंह के विचार से, किसी भी व्यक्ति को उसके अपराधी आचरण के लिए क्या सिद्ध न होने तक सजा नहीं मिलनी चाहिए?

(क) अपराध (ख) लक्ष्य

(ग) योजना (घ) कानून-विरोधी उद्देश्य

303. भगत सिंह के अनुसार, किसी समाज या देश को पहचानने के लिए उसकी किस चीज से परिचित होने की आवश्यकता होती है?

(क) भाषा (ख) साहित्य

(ग) कला (घ) संस्कृति

304. भगत सिंह के अनुसार, किसी भी जाति के उत्थान के लिए किस चीज की आवश्यकता होती है?

(क) युवा पीढ़ी (ख) कला

(ग) उद्योग (घ) उच्च साहित्य

उत्तर के लिए कृपया पृष्ठ सं. 162 देखें।

305. साम्राज्यवाद और साम्राज्यवादी के बारे में दिए गए इन विचारों में कौन सा विचार भगत सिंह का नहीं है?

(क) साम्राज्यवाद एक बड़ी डाकेजनी की साजिश के अलावा कुछ नहीं।

(ख) साम्राज्यवाद मनुष्य के हाथों मनुष्य के और राष्ट्र के हाथों राष्ट्र के शोषण का चरम है।

(ग) साम्राज्यवादी अपने शोषण को पूरा करने के लिए जंग जैसे खौफनाक अपराध भी करते हैं।

(घ) साम्राज्यवाद के तहत सर्वहारा वर्ग के हितों का पोषण किया जाता है।

306. भगत सिंह के अनुसार, संस्कृत का सारा साहित्य हिंदू समाज को पुनर्जीवित न कर सका, इसलिए किस भाषा में नवीन साहित्य का सृजन किया गया?

(क) प्राचीन (ख) सामयिक

(ग) नवीन (घ) इनमें से कोई नहीं

307. भगत सिंह के अनुसार, अमन और कानून किसके लिए हैं?

(क) देश (ख) समाज

(ग) राज्य (घ) मनुष्य

308. भगत सिंह के अनुसार, व्यक्तियों की हत्या करना तो सरल है, मगर किसकी हत्या नहीं की जा सकती?

(क) राष्ट्राध्यक्षों की (ख) वीरों की

(ग) सेनापतियों की (घ) विचारों की

309. संपत्ति के बारे में दिए गए कुछ विचारों में से कौन सा विचार भगत सिंह का नहीं है?

(क) संपत्ति बनाने का विचार मनुष्यों को लालची बना देता है।

(ख) संपत्ति से संसार की हरेक खुशी हासिल की जा सकती है।

(ग) संपत्ति की सुरक्षा के लिए राजसत्ता की आवश्यकता होती है।

(घ) संपत्ति से लालच बढ़ता है और अंत में परिणाम—पहले साम्राज्यवाद, फिर युद्ध होता है।

उत्तर के लिए कृपया पृष्ठ सं. 162 देखें।

310. भगत सिंह के अनुसार, समाजवादी समाज की स्थापना किन उपायों से नहीं हो सकती?

(क) हिंसात्मक

(ख) राजनीतिक

(ग) सामाजिक

(घ) आध्यात्मिक

311. समझौते के बारे में दिए गए इन विचारों में से कौन सा विचार भगत सिंह का नहीं है?

(क) स्वतंत्रता और गुलामी में कोई समझौता नहीं हो सकता।

(ख) समझौता कोई घटिया या घृणित वस्तु नहीं है।

(ग) समझौता एक ऐसा जरूरी विचार है, जिसे संघर्ष के विकास के साथ-ही-साथ इस्तेमाल करना जरूरी बन जाता है।

(घ) समझौते के सहारे समाज को बदला जा सकता है।

312. भगत सिंह के अनुसार, अगर सभ्यता के प्रासाद को समय रहते सँभाला नहीं गया तो क्या होगा?

(क) विकास की गति थम जाएगी

(ख) नई सभ्यता का विकास नहीं होगा

(ग) चरमराकर बैठ जाएगा

(घ) इनमें से कोई नहीं

313. भगत सिंह के अनुसार, सत्ताधारी लोग किसके प्रवाह को बदल सकते हैं?

(क) विचार (ख) परिस्थिति

(ग) समय (घ) समाज

314. भगत सिंह के निम्नलिखित कथन में रिक्त स्थान को एक शब्द से पूरा करें—

''जहाँ तक प्यार के नैतिक स्तर का संबंध है, मैं यह कह सकता हूँ कि यह अपने में एक भावना से अधिक कुछ भी नहीं और यह पशुवृत्ति नहीं, बल्कि···भावना है।''

(क) कोमल (ख) प्यारी

(ग) नाजुक (घ) मधुर

उत्तर के लिए कृपया पृष्ठ सं. 162 देखें।

315. भगत सिंह के अनुसार, नौजवानों को क्रांति का संदेश कहाँ पहुँचाना चाहिए?
   (क) विभिन्न प्रांतों तक
   (ख) विभिन्न जिलों तक
   (ग) पड़ोसी देशों तक
   (घ) देश के कोने-कोने तक

316. भगत सिंह ने युवाओं से संगठनबद्ध हो अपने पैरों पर खड़े होकर किसे चुनौती देने का आह्वान किया था?
   (क) देश (ख) समाज
   (ग) सरकार (घ) समस्या

317. भगत सिंह के अनुसार, षड्यंत्रों द्वारा नौजवानों को सजा देकर किस अभियान को रोका नहीं जा सकता?
   (क) क्रांति (ख) समाज-सुधार
   (ग) स्वतंत्रता (घ) दलित-सुधार

318. भगत सिंह के अनुसार, कौन सा वर्ग समाज का वास्तविक पोषक है?
   (क) उच्च वर्ग (ख) श्रमिक वर्ग
   (ग) मध्य वर्ग (घ) निम्न वर्ग

319. भगत सिंह के निम्नलिखित कथन में रिक्त स्थान को एक शब्द से पूरा करें—
   "कितनी शर्म की बात होगी, कुत्ता हमारी गोद में बैठ सकता है, हमारी रसोई में निःसंग फिरता है, लेकिन एक¨का हमसे स्पर्श हो जाए तो बस धर्म भ्रष्ट हो जाता है।"
   (क) गाय (ख) इनसान
   (ग) बिल्ली (घ) बकरी

320. शक्ति एकत्र करने के लिए भगत सिंह ने अपनी किस चीज को खर्च करने का उपदेश दिया है?
   (क) एकत्र शक्ति
   (ख) एकत्र धन
   (ग) बहुमूल्य समय
   (घ) इनमें से कोई नहीं

उत्तर के लिए कृपया पृष्ठ सं. 163 देखें।

321. भगत सिंह के अनुसार, किस चीज का विश्लेषण करते समय हमें हमेशा बिल्कुल बेझिझक, बेलाग एवं व्यावहारिक होना चाहिए?
(क) समस्या (ख) समय
(ग) स्थिति (घ) परिवेश

322. भगत सिंह के निम्न कथन में रिक्त स्थान को एक शब्द से पूरा करें— "व्यक्तिगत रूप से किसी को मारने से कोई लाभ नहीं। इन कार्यों का...महत्त्व होता है।"
(क) सामाजिक
(ख) धार्मिक
(ग) आर्थिक
(घ) राजनीतिक

323. भगत सिंह के अनुसार, किसके बलिदान से संसार में कुछ प्रगति होती है?
(क) देशभक्त (ख) देशसेवक
(ग) वीर (घ) युवा पीढ़ी

324. विश्वास के बारे में दिए गए कुछ विचारों में से कौन सा विचार भगत सिंह का नहीं है?
(क) क्रांतिकारियों का विश्वास है कि देश को क्रांति से ही सफलता मिलेगी।
(ख) विश्वास कष्टों को हलका कर देता है, यहाँ तक कि उन्हें सुखकर बना सकता है।
(ग) मनुष्य आम विश्वास को ठुकराने का साहस नहीं कर पाता।
(घ) विश्वास से ही हरि मिल जाते हैं।

325. भगत सिंह के निम्न कथन में रिक्त स्थान को एक शब्द से पूरा करें—"यदि वास्तव में चाहते हो कि संसार व्यापी सुख-शांति और विश्व-प्रेम का प्रचार करे तो पहले...का प्रतिकार करना सीखो।"
(क) शोषण
(ख) अन्याय
(ग) अपमान
(घ) अत्याचार

उत्तर के लिए कृपया पृष्ठ सं. 163 देखें।

326. भगत सिंह के अनुसार, कैसा मनुष्य अपने वातावरण को तार्किक रूप से समझना चाहेगा?

(क) जिसमें ज्ञान है (ख) जिसमें करुणा है

(ग) जिसमें विवेक शक्ति है (घ) जिसमें उदारता है

327. भगत सिंह के अनुसार, विपदा में पड़े मनुष्य के लिए किसकी कल्पना सहायक होती है?

(क) सुख की (ख) अतीत की

(ग) आत्मा की (घ) ईश्वर की

328. भगत सिंह के अनुसार, विपत्तियाँ मनुष्य को क्या बनाती हैं?

(क) साहसी (ख) पूर्ण

(ग) गुणी (घ) उत्साही

329. भगत सिंह के अनुसार, किसे क्रांति नहीं कहा जा सकता?

(क) धरना (ख) हड़ताल

(ग) अनशन (घ) विद्रोह

330. भगत सिंह ने काफी ऊँची आवाज में चेतावनी देने की जरूरत क्यों महसूस की थी?

(क) अंग्रेजों को चेतावनी देने के लिए

(ख) जनता सोई हुई थी, इसलिए

(ग) नेता भटक गए थे, इसलिए

(घ) देश नाजुक दौर से गुजर रहा था, इसलिए

331. भगत सिंह के निम्नलिखित कथन में रिक्त स्थान को एक शब्द से पूरा करें—
"किसी के चरित्र के संदर्भ में विचार करते समय एक बात विचारणीय होनी चाहिए कि क्या ... किसी इनसान के लिए मददगार साबित हुआ है?"

(क) देश-प्रेम (ख) मातृभक्ति

(ग) प्यार (घ) विनम्रता

332. भगत सिंह के अनुसार, कोई व्यक्ति जनसाधारण की विचारधारा को कैसे नहीं समझ सकता?

(क) केवल किताबें पढ़कर (ख) मंचों से उपदेश देकर

(ग) केवल बातचीत करके (घ) इनमें से कोई नहीं

उत्तर के लिए कृपया पृष्ठ सं. 163 देखें।

333. भगत सिंह के अनुसार, विकास के लिए खड़े प्रत्येक मनुष्य को किस पर अविश्वास करना होगा?

(क) परंपरा पर (ख) धर्म पर
(ग) बुजुर्गों की नसीहत पर (घ) रूढ़िगत विश्वास पर

334. भगत सिंह के अनुसार, गाँवों और कारखानों में वास्तविक क्रांतिकारी सेनाओं के नाम क्या हैं?

(क) विद्यार्थी (ख) नौकरी-पेशा वर्ग
(ग) ग्रामीण (घ) किसान व मजदूर

335. भगत सिंह के अनुसार, लोगों को परस्पर लड़ने से रोकने के लिए किसकी जरूरत है?

(क) भाईचारे की (ख) वर्ग चेतना की
(ग) प्रेम की (घ) मानवता की

336. भगत सिंह के अनुसार, किसान और मजदूर की रोटी का सवाल कब तक हल नहीं हो सकता?

(क) जब तक पेंशन न मिले
(ख) जब तक अनुदान न मिले
(ग) जब तक ऋण न मिले
(घ) जब तक पूर्ण आजादी न मिले

337. भगत सिंह के अनुसार, कैसी शक्तियाँ मानव समाज को कुमार्ग पर ले जाती हैं?

(क) प्रतिक्रियावादी (ख) संकीर्णतावादी
(ग) रूढ़िवादी (घ) अराजकतावादी

338. युवावस्था के बारे में दिए गए कुछ विचारों में से कौन सा विचार भगत सिंह का नहीं है?

(क) युवावस्था मानव जीवन का वसंत काल है।
(ख) युवावस्था देखने में तो शस्य-श्यामला वसुंधरा से सुंदर है, पर इसके अंदर भूकंप की-सी भयंकरता भरी हुई है।
(ग) युवावस्था में कीर्तिमान से संसार का इतिहास भरा पड़ा है।
(घ) युवावस्था में अधिक जल्दबाजी से कार्य करना जरूरी नहीं है।

उत्तर के लिए कृपया पृष्ठ सं. 163 देखें।

339. युवकों के बारे में दिए गए इन विचारों में से कौन सा विचार भगत सिंह का नहीं है?
(क) प्रत्येक जाति के भाग्य-विधाता युवक ही होते हैं।
(ख) सच्चा युवक तोप के मुँह पर बैठकर भी मुसकराता रहता है।
(ग) युवक महत्त्वाकांक्षा के रथ पर सवार होते हैं।
(घ) राष्ट्र के निर्माता तो युवक ही हुआ करते हैं।

340. भगत सिंह के इस कथन में रिक्त स्थान को निम्नलिखित शब्द से भरें—
"कोई भी जनरल ऐसी युद्ध नीति नहीं अपना सकता, जिससे उसे सोचे हुए लाभ से अधिक...देना पड़े।"
(क) फायदा (ख) त्याग
(ग) हिस्सा (घ) बलिदान

341. भगत सिंह के इस कथन में रिक्त स्थान को निम्नलिखित शब्दों में से भरें—
"हमें आग नहीं लग सकती, हम तड़प नहीं उठते, हम इतने...हो गए हैं।"
(क) कमजोर (ख) अयोग्य
(ग) मुरदा (घ) आलसी

342. भगत सिंह के अनुसार, मुट्ठी भर आदमियों को मारकर किसे समाप्त नहीं किया जा सकता?
(क) सत्ता (ख) सपना
(ग) आदर्श (घ) योजना

343. भगत सिंह के विचार से, वे किसे हमेशा आदर की निगाह से देखते रहे थे?
(क) प्राणिमात्र को (ख) माता-पिता को
(ग) गुरु को (घ) बुजुर्गों को

344. भगत सिंह के विचार से, किसे वे सब सुविधाएँ मिलनी चाहिए, जिनसे वे अपने मुकदमे की तैयारी कर सकें और लड़ सकें?
(क) कैदी (ख) अभियुक्त
(ग) मुजरिम (घ) इनमें से कोई नहीं

345. भगत सिंह के अनुसार, मनुष्य किसकी ओर से लालची, अमानवीय और सुस्त बना है?
(क) परिवार (ख) वंश
(ग) ईश्वर (घ) माता-पिता

उत्तर के लिए कृपया पृष्ठ सं. 163 देखें।

346. भगत सिंह के इस कथन में रिक्त स्थान को निम्नलिखित शब्दों से भरें—
"कानून की दृष्टि से उद्देश्य का प्रश्न खास⋯रखता है।"

(क) नजरिया (ख) वजन

(ग) दृष्टि (घ) महत्त्व

347. भगत सिंह के अनुसार, सर्वसाधारण में साहित्यिक जागृति पैदा करने के लिए क्या आवश्यक है?

(क) पुस्तक (ख) अपनी संस्कृति

(ग) अपनी भाषा (घ) साहित्य

348. भगत सिंह के अनुसार, समस्त एकताओं से पहले किसका होना जरूरी है?

(क) भाषा का (ख) नारे का

(ग) प्रतीक का (घ) संकल्प का

349. भगत सिंह के अनुसार, एक राष्ट्र बनाने के लिए किसका होना आवश्यक है?

(क) एकता का (ख) भाषा का

(ग) प्रतीक का (घ) संकल्प का

350. भगत सिंह के अनुसार, किसके बिना कोई देश-जाति उन्नति नहीं कर सकती?

(क) देश-प्रेमी (ख) कर्मचारी

(ग) सेना (घ) साहित्य

351. भगत सिंह के अनुसार, जब देश के भाग्य का निर्माण हो रहा हो तो व्यक्तियों को किसे पूर्णतया भुला देना चाहिए?

(क) अपना स्वार्थ (ख) अपना भाग्य

(ग) अपनी संपत्ति (घ) अपनी शिकायत

352. भगत सिंह के अनुसार, जैसे-जैसे कानून सख्त होते हैं, वैसे-वैसे क्या बढ़ता है?

(क) अपराध (ख) चोरी

(ग) भ्रष्टाचार (घ) रिश्वतखोरी

353. भगत सिंह के अनुसार, धर्म और दैवी शक्तियाँ किसका परिणाम हैं?

(क) ईश्वर और अज्ञानता का (ख) जनश्रुतियों और रूढ़ियों का

(ग) मिथक और किंवदंती का (घ) इनमें से किसी का नहीं

उत्तर के लिए कृपया पृष्ठ सं. 163 देखें।

354. भगत सिंह के अनुसार, कब तक पूर्ण सुख और शांति नहीं हो सकती?
(क) जब तक गुलामी रहेगी (ख) जब तक अंग्रेज रहेंगे
(ग) जब तक भय मौजूद रहेगा (घ) इनमें से कोई नहीं

355. भगत सिंह के अनुसार, कैसी शक्तियाँ समझौते के बाद क्रांतिकारियों को समाप्त करवाने की कोशिशें करती हैं?
(क) देश-विरोधी (ख) अराजकतावादी
(ग) प्रतिक्रियावादी (घ) समाज-विरोधी

356. भगत सिंह के इस कथन में रिक्त स्थान को निम्नलिखित शब्दों में से भरें—
"मैं आशाओं और आकांक्षाओं से भरपूर जीवन की समस्त रंगीनियों से ओत-प्रोत हूँ; लेकिन वक्त आने पर मैं सबकुछ···कर दूँगा।"
(क) त्याग (ख) बलिदान
(ग) छोड़ (घ) उत्सर्ग

357. भगत सिंह के अनुसार, मजिस्ट्रेट का व्यवहार कैसा होना चाहिए?
(क) निष्पक्ष (ख) सत्यप्रिय
(ग) न्यायप्रिय (घ) इनमें से कोई नहीं

358. प्रेम के बारे में दिए गए इन विचारों में से कौन सा विचार भगत सिंह का नहीं है?
(क) प्रेम अंधा होता है और प्रेमी के पास विवेक नहीं होता।
(ख) मनुष्य के पास प्यार की एक ऐसी भावना होनी चाहिए, जिसे वह एक व्यक्ति विशेष तक सीमित न करके सर्वव्यापी बना दे।
(ग) प्यार सदैव मानव चरित्र को ऊँचा करता है, कभी भी नीचा नहीं दिखाता, बशर्ते कि प्यार प्यार हो।
(घ) सच्चा प्यार कभी भी सृजित नहीं किया जा सकता।

359. भगत सिंह के इस कथन में रिक्त स्थान को निम्नलिखित में से किसी एक शब्द से भरें—"आज संसार ने देख लिया है कि हिंदुस्तान की जनता···नहीं हो गई है।"
(क) मुरदा (ख) बेजान
(ग) निष्प्राण (घ) कमजोर

उत्तर के लिए कृपया पृष्ठ सं. 163 देखें।

360. भगत सिंह के अनुसार, उनका नाम किसका प्रतीक बन गया था?
(क) विद्रोह (ख) देशभक्ति
(ग) देश-प्रेम (घ) हिंदुस्तानी क्रांति

361. भगत सिंह के अनुसार, प्रतिवाद के साथ कौन सी चीज ज्यादा देर तक नहीं चल सकती?
(क) आंदोलन (ख) अनशन
(ग) भावनाएँ (घ) बगावत

362. भगत सिंह के अनुसार, विपत्तियों से बचने के लिए आत्महत्या कर लेना क्या कहलाएगा?
(क) पलायन की कोशिश
(ख) हार मानने की स्थिति
(ग) प्रतिक्रियावादी कार्य
(घ) इनमें से कोई नहीं

363. भगत सिंह के अनुसार, दुनिया को कौन चला रहा है?
(क) ईश्वर (ख) वैज्ञानिक
(ग) पेट का सवाल (घ) पैसा

364. भगत सिंह के अनुसार, राजा के विरुद्ध विद्रोह हर धर्म में क्या कहलाता है?
(क) अनैतिकता (ख) पाप
(ग) अपवित्र (घ) अनुचित

365. भगत सिंह के अनुसार, तूफान और झंझावात के बीच अपने पाँवों पर खड़ा रहना क्या नहीं है?
(क) मजाक (ख) सरल
(ग) आसान (घ) बच्चों का खेल

366. भगत सिंह के अनुसार, 'परिणाम से ही तय होता है कि तरीके जायज थे या नाजायज'—यह सिद्धांत कहाँ लागू होता है?
(क) शासन-प्रणाली में
(ख) राजनीति के मैदान में
(ग) शासन-तंत्र में
(घ) नौकरशाही में

उत्तर के लिए कृपया पृष्ठ सं. 163 व 164 देखें।

367. भगत सिंह के अनुसार, रावण और बालि को मार गिरानेवाले श्रीरामचंद्र ने अपने विश्व-प्रेम का परिचय किस प्रकार दिया था?

(क) केवट की नौका पर सवार होकर

(ख) अहल्या को शाप-मुक्त करके

(ग) ऋषियों की रक्षा करते हुए

(घ) शबरी के जूठे बेर खाकर

368. भगत सिंह के अनुसार, कृष्ण ने अपने विश्व-प्रेम का परिचय किस प्रकार दिया था?

(क) पांडवों की सहायता करते हुए

(ख) द्रौपदी की लाज बचाकर

(ग) सुदामा के कच्चे चावल फाँककर

(घ) अर्जुन का रथ चलाकर

369. भगत सिंह के अनुसार, स्थानीय अखबारों में क्या लिखा था, जिनकी वजह से कितनी ही जगहों पर दंगे हुए थे?

(क) संपादकीय　　(ख) संपादक के नाम पत्र

(ग) टिप्पणियाँ　　(घ) उत्तेजनापूर्ण लेख

370. भगत सिंह के अनुसार, जो कानून युक्ति पर आधारित नहीं और जो न्याय के सिद्धांत के विरुद्ध हैं, उनका क्या करना चाहिए?

(क) संशोधन　　(ख) पुनर्लेखन

(ग) पुनर्विचार　　(घ) समाप्त

371. भगत सिंह के अनुसार, विपक्षी दल के किस व्यक्ति ने बंगाल के वीर क्रांतिकारी जतिन मुखर्जी की मृत्यु पर शोक प्रकट करते हुए उनकी वीरता, देश-प्रेम और कर्मशीलता की मुक्त कंठ से प्रशंसा की थी?

(क) रिचर्ड　　(ख) विलियम

(ग) टेगार्ड　　(घ) जेम्स

372. भगत सिंह के अनुसार, किसी भी राष्ट्र के सर्वोच्च लक्ष्य को प्राप्त करने के कैसे साधनों का उपयोग किया जाना चाहिए?

(क) जो सशक्त हों　　(ख) जो योग्य हों

(ग) जो कारगर हों　　(घ) इनमें से कोई नहीं

उत्तर के लिए कृपया पृष्ठ सं. 164 देखें।

373. भगत सिंह के अनुसार, कैसी अहिंसा का युग अब समाप्त हो चुका है?

(क) वैदिक (ख) आदर्श
(ग) काल्पनिक (घ) सैद्धांतिक

374. भगत सिंह के अनुसार, जो लोग देश-सेवा के रास्ते पर कदम बढ़ाते हैं, उन्हें क्या भुगतना पड़ता है?

(क) कारावास (ख) नजरबंदी
(ग) फाँसी (घ) मुसीबतें

375. भगत सिंह के इस कथन में रिक्त स्थान को निम्नलिखित शब्द में से भरें—
"मनुष्य को अपने विश्वासों पर दृढ़तापूर्वक‥रहने का प्रयत्न करना चाहिए।"

(क) कायम (ख) अटल
(ग) अडिग (घ) स्थिर

376. भगत सिंह के अनुसार, क्रांतिकारियों को अध्ययन-मनन को अपने लिए क्या बना लेना चाहिए?

(क) दिनचर्या (ख) पवित्र जिम्मेदारी
(ग) आदर्श (घ) संकल्प

377. भगत सिंह के अनुसार, जो लोग निम्नतम काम करके हमारे लिए सुविधाओं को उपलब्ध कराते हैं, उनके साथ हम कैसा बरताव करते हैं?

(क) दुरदुराते हैं (ख) शोषण करते हैं
(ग) अपमानित करते हैं (घ) प्रताड़ित करते हैं

378. किसके निधन पर भगत सिंह ने कहा था कि सगे भाइयों से भी अधिक प्रिय मित्र ने उनका साथ छोड़ दिया है?

(क) यतींद्रनाथ दास (ख) भगवतीचरण वोहरा
(ग) बटुकेश्वर दत्त (घ) खुदीराम बोस

379. भगत सिंह के अनुसार, दिलेराना ढंग से हँसते-हँसते उनके फाँसी पर चढ़ जाने के बाद हिंदुस्तानी माताएँ अपने बच्चों के बारे में क्या आरजू किया करेंगी?

(क) शहीद बनने की (ख) वीर बनने की
(ग) क्रांतिकारी बनने की (घ) भगत सिंह बनने की

उत्तर के लिए कृपया पृष्ठ सं. 164 देखें।

380. भगत सिंह के अनुसार, किसे चुनौती देने के बाद व्यक्ति यथार्थवादी होने का दावा कर सकता है?

(क) सत्ता तंत्र को (ख) प्राचीन विश्वास को

(ग) समाज तंत्र को (घ) रूढ़ियों को

381. भगत सिंह के अनुसार, जब दमन और शोषण सीमा से अधिक हो जाए तो उसका प्रतिकार करनेवाले किस तरह काम करना शुरू कर देते हैं?

(क) आक्रामक रूप से (ख) सार्वजनिक रूप से

(ग) गुप्त रूप से (घ) व्यक्तिगत रूप से

382. भगत सिंह के अनुसार, जनता किस शब्द से बहुत डरती है?

(क) सरकार (ख) रहस्यवाद

(ग) आतंकवाद (घ) अराजकता

383. भगत सिंह के अनुसार, किस तरह के लोग स्वतंत्रता के संघर्ष से अधिक समय तक टिक नहीं सकते?

(क) फूँक-फूँककर कदम रखनेवाले

(ख) दंड से डरनेवाले

(ग) निजी सुरक्षा की चिंता करनेवाले

(घ) परिवार का मोह पालनेवाले

384. भगत सिंह के अनुसार, बाहर के लोगों को आकर्षित करने के लिए जेल क्या नहीं होती?

(क) सुविधाजनक स्थान (ख) सुरक्षित ठिकाना

(ग) चुंबकीय शक्ति (घ) वांछित आश्रय

385. भगत सिंह के अनुसार, कैसे लोगों के दिलों का हाल हम नहीं समझ सकते?

(क) जो आत्मकेंद्रित हैं (ख) जो विद्रोही हैं

(ग) जो अंतर्मुखी हैं (घ) जिन्हें फाँसी की सजा मिल गई

386. भगत सिंह के अनुसार, क्रांतिकारियों के सक्रिय ग्रुप की मुख्य जिम्मेदारी क्या होती है?

(क) बगावत करने की (ख) जनता को सक्रिय बनाने की

(ग) सत्ता को चुनौती देने की (घ) इनमें से कोई नहीं

उत्तर के लिए कृपया पृष्ठ सं. 164 देखें।

387. भगत सिंह के अनुसार, किसे आँख से ओझल नहीं करना चाहिए?
(क) जो परिजन होते हैं
(ख) जो चीज जिंदगी को अनमोल बनाती है
(ग) जो चीज लक्ष्य की ओर ले जाती है
(घ) जो चीज इनसानियत सिखाती है

388. भगत सिंह के अनुसार, जब जनता में जागृति होती है तो उसके साथ क्या होना अवश्यंभावी है?
(क) क्रोध और रोष (ख) जोश और बेचैनी
(ग) विद्रोह और बेचैनी (घ) चिंता और बेचैनी

389. भगत सिंह के अनुसार, देश में एक बार जागृति फैल जाने पर क्या होता है?
(क) देश ज्यादा दिन सोया नहीं रहता
(ख) सत्ता-परिवर्तन होता है
(ग) शासक को घबराहट होती है
(घ) परिवर्तन का रास्ता खुलता है

390. भगत सिंह के अनुसार, किस तरह लोगों की जानें बचाई जा सकती हैं?
(क) सामूहिक जागरण से (ख) सामयिक चेतावनी से
(ग) चेतना पैदा करके (घ) रोकथाम के उपाय से

391. भगत सिंह के अनुसार, राजनीतिक चालों का महत्त्व किस पर निर्भर करता है?
(क) उसकी योजना पर (ख) उसकी तैयारी पर
(ग) उसकी सफलता पर (घ) उसके क्रियान्वयन पर

392. भगत सिंह के अनुसार, अहंकार स्वयं के प्रति क्या होता है?
(क) अनुचित आत्मविश्वास (ख) अनुचित उल्लास
(ग) अनुचित आत्मबल (घ) अनुचित गर्व की अधिकता

393. भगत सिंह के अनुसार, हमारे इरादों की परख किसके आधार पर होनी चाहिए?
(क) संकल्प की दृढ़ता पर (ख) भविष्य की योजना पर
(ग) अतीत के अनुभव पर (घ) काम के परिणाम पर

उत्तर के लिए कृपया पृष्ठ सं. 164 देखें।

394. भगत सिंह के अनुसार, माताएँ बच्चों का मैला साफ करने से क्या नहीं हो जातीं?

(क) बीमार (ख) संक्रमित

(ग) उदास (घ) अछूत

395. भगत सिंह के अनुसार, क्या किए बिना कुछ भी न मिल सकेगा?

(क) काम (ख) यत्न

(ग) पुरुषार्थ (घ) कोशिश

396. भगत सिंह के अनुसार, देश के लिए निष्काम भाव से मरनेवाले लोगों को भुला देना क्या कहलाएगा?

(क) भूलने की आदत (ख) लापरवाही

(ग) कृतघ्नता (घ) उपेक्षा

397. भगत सिंह के अनुसार, क्या कभी व्यर्थ नहीं जाया करतीं?

(क) शहादत (ख) कर्तव्य

(ग) बगावत (घ) कुरबानियाँ

398. भगत सिंह के अनुसार, ऐसी सरकारें, जो राष्ट्रों को लूटने के लिए एकजुट हो जाती हैं, उनमें किसकी शक्ति के अलावा कोई आधार कायम करने के लिए नहीं होता?

(क) दंड (ख) तलवार

(ग) सत्ता (घ) बंदूक

399. भगत सिंह के अनुसार, लोग जीवन की किन दशाओं के साथ चिपक जाते हैं और परिवर्तन के विचार मात्र से ही काँपने लगते हैं?

(क) यथास्थिति (ख) अनुकूल

(ग) परंपरागत (घ) जड़तावादी

400. भगत सिंह के अनुसार, अकर्मण्यता की भावना के स्थान पर कैसी भावना जाग्रत् करने की आवश्यकता है?

(क) पुरुषार्थ की भावना

(ख) क्रांतिकारी भावना

(ग) कर्म की भावना

(घ) संकल्प की भावना

उत्तर के लिए कृपया पृष्ठ सं. 164 देखें।

401. भगत सिंह के अनुसार, क्रांतिकारी जिन तरीकों में विश्वास करता है, उनका परिणाम क्या होता है ?

(क) वे कभी असफल नहीं होते

(ख) आस्था मजबूत होती है

(ग) त्याग की भावना बढ़ती है

(घ) देश-प्रेम बढ़ता है

402. भगत सिंह के अनुसार, स्वतंत्रता-प्राप्ति के लिए क्रांतिकारी अपनी कैसी शक्ति के प्रयोग में विश्वास करता है ?

(क) शारीरिक एवं नैतिक (ख) चाकू और तलवार

(ग) गोली और बंदूक (घ) इनमें से कोई नहीं

403. भगत सिंह के अनुसार, नैतिक शक्ति का प्रयोग करनेवाले किसके प्रयोग को निषिद्ध मानते हैं ?

(क) बंदूक (ख) गोली

(ग) शारीरिक बल (घ) रणनीति

404. भगत सिंह के अनुसार, क्रांतिकारी अपने आदर्शों के लिए केवल मर ही नहीं सकते, बल्कि जीवित रहकर किसका मुकाबला भी कर सकते हैं ?

(क) हर मुसीबत का (ख) बाधा का

(ग) आलोचना का (घ) विरोध का

405. भगत सिंह के अनुसार, सांसारिक कठिनाइयों से मुक्ति प्राप्त करने के लिए मृत्यु को क्या नहीं बनना चाहिए ?

(क) बहाना (ख) साधन

(ग) कारण (घ) जरिया

406. भगत सिंह के अनुसार, क्रांतिकारी अपने आदर्शों के लिए क्या कर सकते हैं ?

(क) संघर्ष (ख) टकराव

(ग) युद्ध (घ) वीरता से बलिदान

407. भगत सिंह के अनुसार, क्रांतिकारी अपने आदर्शों के लिए क्या कर सकते हैं ?

(क) संघर्ष (ख) त्याग

(ग) बलिदान (घ) युद्ध

उत्तर के लिए कृपया पृष्ठ सं. 164 देखें।

408. भगत सिंह के अनुसार, एक क्रांतिकारी सबसे अधिक किसमें विश्वास करता है?

(क) तर्क में (ख) ज्ञान में

(ग) भावना में (घ) साहित्य में

409. भगत सिंह के अनुसार, क्रांतिकारी अपने मानवीय गुणों के कारण क्या होता है?

(क) देशभक्त (ख) भावना का पुजारी

(ग) मानवता का पुजारी (घ) आदर्शों का पुजारी

410. भगत सिंह के अनुसार, झूठी और दिखावटी शांति से क्या पैदा होती है?

(क) कमजोरी (ख) बुजदिली

(ग) लापरवाही (घ) अकर्मण्यता

411. भगत सिंह के इस कथन के रिक्त स्थान को निम्नलिखित शब्दों में से किसी एक शब्द से पूरा करें—"क्रांति का मतलब मात्र उथल-पुथल या एक खूनी... नहीं है।"

(क) संघर्ष (ख) हिंसा

(ग) टकराव (घ) युद्ध

412. भगत सिंह के अनुसार, रूढ़िवादी शक्तियाँ मानव समाज की प्रगति की दौड़ में बाधा डालने के लिए संगठित न हो सकें, इसके लिए मनुष्य जाति की आत्मा स्थायी तौर पर कैसी भावना से ओत-प्रोत रहनी चाहिए?

(क) विद्रोह से (ख) परिवर्तन से

(ग) असंतोष से (घ) क्रांति से

413. भगत सिंह के अनुसार—पूँजीवाद, वर्गवाद तथा कुछ लोगों को ही विशेषाधिकार दिलानेवाली प्रणाली का अंत किससे होगा?

(क) क्रांति से (ख) सत्ता-परिवर्तन से

(ग) स्वतंत्रता से (घ) आंदोलन से

414. भगत सिंह के अनुसार, केवल सतत कार्य करते रहने से, प्रयत्नों से, कष्ट सहन करने से एवं बलिदानों से किसे उत्पन्न किया जा सकता है?

(क) देश-प्रेम को (ख) पुरुषार्थ को

(ग) स्वाभिमान को (घ) क्रांति को

उत्तर के लिए कृपया पृष्ठ सं. 164 देखें।

415. भगत सिंह के अनुसार, किसकी पूजा-वेदी पर वह अपना यौवन नैवेद्य के रूप में लेकर आए थे?
(क) क्रांति (ख) समाज
(ग) राष्ट्र (घ) जाति

416. भगत सिंह के अनुसार, क्रांति मानव जाति के लिए क्या है?
(क) शोभा (ख) जन्मसिद्ध अधिकार
(ग) उपमा (घ) अनुपम उपहार

417. भगत सिंह के अनुसार, व्यक्तिगत प्रतिहिंसा का कहाँ स्थान नहीं है?
(क) आंदोलन (ख) सत्याग्रह
(ग) अहिंसा (घ) क्रांति

418. अन्याय पर आधारित मौजूदा समाज-व्यवस्था में आमूल परिवर्तन से भगत सिंह का अभिप्राय क्या है?
(क) स्वतंत्रता (ख) क्रांति
(ग) बदलाव (घ) इनमें से कोई नहीं

419. भगत सिंह के अनुसार, परिश्रमी विचारों और परिश्रमी कार्यकर्ताओं की पैदावार क्या होती है?
(क) संघर्ष (ख) आजादी
(ग) क्रांति (घ) शहादत

420. क्रांति के बारे में भगत सिंह का इनमें से कौन सा कथन सही नहीं है?
(क) क्रांति का अर्थ अनिवार्य रूप से सशक्त आंदोलन नहीं होता।
(ख) बम और पिस्तौल क्रांति के पर्यायवाची नहीं हो जाते।
(ग) क्रांति करना बहुत कठिन काम है।
(घ) क्रांति की राह आसान होती है।

421. भगत सिंह के अनुसार, मनुष्य ने अपनी सीमाओं, दुर्बलताओं व कमियों को समझने के बाद परीक्षा की घड़ियों का बहादुरी से सामना करने, स्वयं को उत्साहित करने, सभी खतरों को मर्दानगी के साथ झेलने तथा संपन्नता एवं ऐश्वर्य में उसके विस्फोट को बाँधने के लिए किसके काल्पनिक अस्तित्व की रचना की?
(क) भाग्य (ख) ईश्वर
(ग) प्रकृति (घ) विज्ञान

उत्तर के लिए कृपया पृष्ठ सं. 164 व 165 देखें।

422. भगत सिंह के अनुसार, कौन हमें बेकारी, पराधीनता और निर्धनता से बचा सकती है?

(क) कारीगरी (ख) प्रशिक्षण

(ग) शिक्षा (घ) रोजगार

423. भगत सिंह के अनुसार, किससे भागना कायरता है?

(क) फर्ज से (ख) कष्ट से

(ग) दायित्व से (घ) जिम्मेदारी से

424. भगत सिंह के अनुसार, सामाजिक आवश्यकताओं को पूरा करना बंद कर देने के बाद जुल्म और अन्याय को बढ़ाने का हथियार क्या बन जाता है?

(क) रिवाज (ख) विरासत

(ग) परंपरा (घ) कानून

425. भगत सिंह के अनुसार, कौन सी चीज शोषणकारी समूह के हाथों में एक पुरजा बनकर अपनी पवित्रता और महत्त्व को खो बैठती है?

(क) कानून (ख) सरकार

(ग) शासन (घ) सत्ता

426. भगत सिंह के अनुसार, अगर कानून उद्देश्य नहीं देखता तो क्या नहीं हो सकता?

(क) न्याय (ख) सुनवाई

(ग) मुकदमा (घ) अपील

427. भगत सिंह के इस कथन के रिक्त स्थान को निम्नलिखित शब्दों में से किसी एक शब्द से पूरा करें—

"कानून आदमियों के लिए है, आदमी…के लिए नहीं है।"

(क) न्याय (ख) कचहरी

(ग) कानून (घ) मुकदमा

428. भगत सिंह के अनुसार, शक्तिशाली लोगों के लिए क्या होता है?

(क) सत्ता और शासन (ख) नौकरशाही

(ग) कानून और कोर्ट (घ) इनमें से कोई नहीं

429. भगत सिंह के अनुसार, हर मनुष्य को क्या पाने का अधिकार है?

(क) अपने श्रम का फल (ख) आजादी

(ग) शासन में भागीदारी (घ) अपना हक

उत्तर के लिए कृपया पृष्ठ सं. 165 देखें।

430. भगत सिंह के अनुसार, क्या करना मनुष्य का कर्तव्य है?
(क) आंदोलन (ख) प्रयत्न
(ग) सत्याग्रह (घ) अध्ययन

431. भगत सिंह प्रत्येक भारतवासी का सर्वप्रथम कर्तव्य क्या मानते थे?
(क) देश की सेवा करना (ख) देश स्वतंत्र करवाना
(ग) शोषण मिटाना (घ) गैर-बराबरी मिटाना

432. भगत सिंह के अनुसार, आजीवन कारावास मौत की अपेक्षा कैसा विकल्प है?
(क) अधिक नरम दंड (ख) बेहतर विकल्प
(ग) अधिक कठोर दंड (घ) कमजोर विकल्प

433. भगत सिंह के अनुसार, साम्राज्यवादियों को गद्दी से उतारने के लिए भारत का एकमात्र हथियार क्या है?
(क) सशस्त्र क्रांति (ख) आतंकवाद
(ग) अराजकतावाद (घ) श्रमिक क्रांति

434. भगत सिंह के अनुसार, किसे अलग कर देने पर हम सभी राजनीति पर इकट्ठे हो सकते हैं?
(क) विचार (ख) हठ
(ग) धर्म (घ) विवाद

435. भगत सिंह के अनुसार, जब तक हम अपनी तंगदिली छोड़कर एक न होंगे, तब तक हममें क्या नहीं हो सकती?
(क) लगाव (ख) एकता
(ग) आकर्षण (घ) अखंडता

436. भगत सिंह के अनुसार, बलि के बकरों की भाँति शोषकों की बलि-वेदी पर आएदिन होनेवाली मजदूरों की मूक कुरबानियों को देखकर जिस किसी का दिल रोता है, वह अपनी आत्मा की चीत्कार की क्या नहीं कर सकता?
(क) अनदेखी (ख) अपमान
(ग) अवहेलना (घ) उपेक्षा

437. भगत सिंह के अनुसार, जब तक अभियुक्त की मनोकामना का पता न लगाया जाए, तब तक किसका पता नहीं चल सकता?
(क) संदेश (ख) मूल भावना
(ग) नीति (घ) उद्देश्य

उत्तर के लिए कृपया पृष्ठ सं. 165 देखें।

438. भगत सिंह के अनुसार, किसकी उपेक्षा की जाए तो हर धर्म-प्रचारक झूठ का प्रचारक दिखाई देगा और हरेक पैगंबर पर अभियोग लगेगा कि उसने करोड़ों भोले एवं अनजान लोगों को गुमराह किया?

(क) संदेश (ख) मूल भावना

(ग) नीति (घ) उद्देश्य

439. भगत सिंह के अनुसार, स्वार्थियों एवं पूँजीपतियों ने किसका इस्तेमाल अपनी स्वार्थ-सिद्धि के लिए किया है?

(क) कानून (ख) सत्ता

(ग) धर्म (घ) नौकरशाही

440. भगत सिंह के अनुसार, भारत के आम लोगों की आर्थिक दशा खराब होने के कारण एक व्यक्ति दूसरे व्यक्ति को क्या देकर किसी और को अपमानित करवा सकता है?

(क) धन (ख) रुपया

(ग) सोना (घ) चवन्नी

441. भगत सिंह के अनुसार, भारत की आर्थिक दशा में सुधार होने से किसका इलाज हो सकता है?

(क) गरीबी का (ख) दंगों का

(ग) गैर-बराबरी का (घ) इनमें से किसी का नहीं

442. भगत सिंह के अनुसार, अगर प्रत्येक मनुष्य की आवश्यकताओं की पूर्ति होती रहे, तब क्या नहीं होगा?

(क) झगड़ा (ख) विवाद

(ग) पाप (घ) मतभेद

443. भगत सिंह के अनुसार, इनकलाब की तलवार किसकी सान पर तेज होती है?

(क) विरोध (ख) नीति

(ग) विचार (घ) आदर्श

444. भगत सिंह के अनुसार, क्रांतिकारी आलोचना के प्रति कैसा रुख अपनाते हैं?

(क) स्वागत (ख) उपेक्षा

(ग) विरोध (घ) उत्सुकता

उत्तर के लिए कृपया पृष्ठ सं. 165 देखें।

445. भगत सिंह के अनुसार, समस्त शक्ति का आधार क्या है?

(क) ईश्वर (ख) विज्ञान

(ग) मनुष्य (घ) प्रकृति

446. भगत सिंह के अनुसार, जब मनुष्य प्यार, घृणा और अन्य सभी भावनाओं पर नियंत्रण पा लेगा तो कैसी स्थिति होगी?

(क) आदर्श (ख) विषम

(ग) अनुकूल (घ) प्रतिकूल

447. भगत सिंह के अनुसार, मृत्यु के पश्चात् मित्र-शत्रु क्या हो जाते हैं?

(क) मित्र (ख) समान

(ग) रिश्तेदार (घ) अपरिचित

448. भगत सिंह के अनुसार, संघर्ष से मरना कैसी मृत्यु है?

(क) दु:खदायक (ख) असाधारण

(ग) सामान्य (घ) आदर्श

449. भगत सिंह के अनुसार, प्रयत्नशील होना और श्रेष्ठ एवं उत्कर्ष आदर्श के लिए जीवन दे देना, क्या नहीं कहा जा सकता?

(क) मूर्खता (ख) अपराध

(ग) गलती (घ) आत्महत्या

450. भगत सिंह के अनुसार, कायरता का कार्य क्या है?

(क) सरकारी नौकरी (ख) आत्महत्या

(ग) राजभक्ति (घ) इनमें से कोई नहीं

451. भगत सिंह के अनुसार, भूख और दु:ख से आतुर होकर मनुष्य किसे ताक पर रख देता है?

(क) आदर्श (ख) शर्म

(ग) सिद्धांत (घ) नीति

452. भगत सिंह के अनुसार, सभी जन-आंदोलनों का अनिवार्य सिद्धांत क्या होना चाहिए?

(क) धरना (ख) सत्याग्रह

(ग) अनशन (घ) अहिंसा

उत्तर के लिए कृपया पृष्ठ सं. 165 देखें।

453. भगत सिंह के अनुसार, अपराध एवं पाप जैसे महान् सामाजिक विषय का प्रत्यक्ष अध्ययन करने का अवसर व्यक्ति को कहाँ मिल सकता है ?

(क) समाज (ख) जेल

(ग) भीड़ (घ) शहर

454. भगत सिंह के अनुसार, अंग्रेज जाति की भावनाओं में आश्चर्यजनक परिवर्तन किसके बिना संभव नहीं हो सकता ?

(क) विचार के बिना (ख) शहादत के बिना

(ग) क्रांति के बिना (घ) आंदोलन के बिना

455. भगत सिंह के अनुसार, ऊँचा आदर्श क्या है ?

(क) अराजकता

(ख) साम्यवाद

(ग) समाजवाद

(घ) प्रतिक्रियावाद

456. भगत सिंह के अनुसार, कष्ट सहने और कुरबानी के सिद्धांत से क्या हासिल किया जा सकता है ?

(क) मंजिल (ख) यश

(ग) सफलता (घ) पुरस्कार

457. भगत सिंह के अनुसार, ब्रिटेन ने एक जाति और मानवता के नाते भारतवासियों के साथ कैसा बरताव किया ?

(क) सम्मानजनक (ख) अपमानजनक

(ग) उपेक्षापूर्ण (घ) बराबरी का

458. भगत सिंह के अनुसार, अपमान से भरी गुलामी की जिंदगी से···अच्छी है ?

(क) सेवानिवृत्ति (ख) अज्ञातवास

(ग) वनवास (घ) मौत

459. भगत सिंह के अनुसार, अगर हम चाहते हैं कि देश की जनता की हालत आज से अच्छी हो तो हमें क्या बनना होगा ?

(क) परिवर्तनकामी (ख) पुरुषार्थी

(ग) मेहनती (घ) कर्मठ

उत्तर के लिए कृपया पृष्ठ सं. 165 देखें।

460. भगत सिंह के अनुसार, अगर एक क्रांतिकारी अपने महान् लक्ष्य को पाने के लिए अपने समस्त शारीरिक बल का प्रयोग करता है तो उसके इन प्रयत्नों को किस नाम से संबोधित नहीं किया जा सकता?

(क) विद्रोह (ख) हिंसा

(ग) बगावत (घ) अहिंसा

461. भगत सिंह के अनुसार, अनावश्यक एवं अनुचित प्रयत्न कभी भी···नहीं माना जा सकता?

(क) सही (ख) उचित

(ग) न्यायपूर्ण (घ) तर्कसंगत

462. भगत सिंह के अनुसार, केवल यह कह देना कि दूसरा कोई इस काम को कर लेगा या इस कार्य को करने के लिए बहुत लोग हैं, किसी प्रकार भी··· नहीं कहा जा सकता?

(क) उचित (ख) आदर्श-युक्त

(ग) न्यायपूर्ण (घ) सटीक

463. भगत सिंह के इस कथन के रिक्त स्थान को निम्नलिखित शब्दों में से किसी एक शब्द से पूरा करें—"हमारे इनकलाब का अर्थ पूँजीवादी युद्धों की मुसीबतों का···करना है।"

(क) सामना (ख) सफाया

(ग) अंत (घ) संशोधन

464. भगत सिंह के अनुसार, निर्माण के लिए ध्वंस···है?

(क) पूरक (ख) प्रतिकूल

(ग) सहायक (घ) अनिवार्य

465. भगत सिंह के अनुसार, एक क्रांतिकारी के लिए आलोचना के अलावा दूसरा अनिवार्य गुण क्या है?

(क) संकल्प (ख) इच्छा-शक्ति

(ग) स्वतंत्र विचार (घ) साहस

466. भगत सिंह के अनुसार, क्रांति की वेदी पर कभी-कभी क्या बहाना अनिवार्य हो जाता है?

(क) जल (ख) दूध

(ग) रक्त (घ) इनमें से कोई नहीं

उत्तर के लिए कृपया पृष्ठ सं. 165 देखें।

467. भगत सिंह के इस कथन के रिक्त स्थान को निम्नलिखित शब्दों में से एक शब्द लेकर पूरा करें—"हमारा उद्देश्य एक ऐसी क्रांति से है, जो मनुष्य द्वारा मनुष्य के··का अंत कर देगी।"

(क) बुराई (ख) शोषण

(ग) कलुषता (घ) वंचना

468. भगत सिंह के इस कथन के रिक्त स्थान को निम्नलिखित शब्दों में से एक शब्द लेकर पूरा करें—"हमारा देश बहुत··है; लेकिन हम मनुष्य को मनुष्य का दर्जा देते हुए भी झिझकते हैं।"

(क) रहस्यवादी (ख) भौतिकवादी

(ग) अध्यात्मवादी (घ) प्रतिक्रियावादी

469. भगत सिंह के अनुसार, जो नौजवान दुनिया में कुछ तरक्की करना चाहते हैं, उन्हें वर्तमान युग में महान् एवं उच्च विचारों का··करना चाहिए।

(क) चिंतन (ख) अध्ययन

(ग) मनन (घ) अध्यापन

470. भगत सिंह के अनुसार, वर्तमान शासन-व्यवस्था उठती हुई जन-शक्ति के मार्ग में रोड़े अटकाने से बाज न आई तो क्रांति के इस आदर्श की पूर्ति के लिए क्या छिड़ना अनिवार्य है?

(क) युद्ध (ख) बहस

(ग) झगड़ा (घ) विवाद

471. भगत सिंह के अनुसार, कैसी जाति उच्चतम सिद्धांत का नाम तक लेने की अधिकारिणी नहीं है?

(क) विकसित (ख) रूढ़िग्रस्त

(ग) पिछड़ी (घ) गुलाम

472. भगत सिंह के अनुसार, आज समाज में होनेवाले दमन के विरुद्ध कौन सी आवाज उठ रही है और स्थायी शांति की स्थापना के लिए कैसे विचार उठ रहे हैं, उन्हें ठीक से समझे बिना क्या अधूरा रह जाता है?

(क) समाज का स्वरूप

(ख) इनसान का ज्ञान

(ग) नागरिकों की सोच

(घ) इनसान की विचारधारा

उत्तर के लिए कृपया पृष्ठ सं. 165 देखें।

473. भगत सिंह के अनुसार, तिल-तिलकर मरने की तुलना में क्या अच्छा है ?
(क) लंबी आयु प्राप्त करना (ख) आत्महत्या कर लेना
(ग) एक बार मर जाना (घ) इनमें से कोई नहीं

474. भगत सिंह के अनुसार, किसका वास्तविक कर्तव्य शिक्षा देना, लोगों के मनों से संकीर्णता निकालना और सांप्रदायिक भावनाएँ हटाना है ?
(क) नेता का (ख) पाठशाला का
(ग) शिक्षक का (घ) अखबार का

475. भगत सिंह के अनुसार, अपने जीवन में अकारण ही किसको शामिल करने पर हमारी दशा दयनीय और हास्यास्पद हो जाती है ?
(क) अध्यात्मवाद (ख) तंत्रवाद
(ग) रहस्यवाद (घ) अंधविश्वास

□

उत्तर के लिए कृपया पृष्ठ सं. 166 देखें।

5

विविध

476. भगत सिंह ने फाँसी से पहले अपने जीवन का अंतिम पत्र किसे लिखा था?

(क) माता विद्यावती को (ख) अनुज कुलतार सिंह को

(ग) पिता किशन सिंह को (घ) दादी जय कौर को

477. भगत सिंह ने इनमें से किन दो पत्रों का संपादन किया था?

(क) अकाली और कीर्ति (ख) खालसा और विप्लव

(ग) प्रताप और अर्जुन (घ) इनमें से कोई नहीं

478. भगत सिंह ने किस पत्रिका के जब्तशुदा फाँसी अंक का संपादन किया था?

(क) प्रताप (ख) अर्जुन

(ग) चाँद (घ) अकाली

479. तेईस वर्ष की छोटी सी आयु में ही भगत सिंह ने फ्रांस और आयरलैंड के अलावा किस देश की क्रांति का विशद अध्ययन किया था?

(क) पोलैंड (ख) रोम

(ग) क्यूबा (घ) रूस

480. भगत सिंह का अध्ययन नेशनल कॉलेज से लेकर कहाँ तक जारी रहा?

(क) लाहौर (ख) दिल्ली

(ग) फाँसी की कोठरी (घ) कलकत्ता

481. भगत सिंह के अनुसार—मनुष्य और मनुष्य के बीच से किसकी दीवार निकाल देने से आदमी आदमी के बीच मतभेद खत्म हो सकते हैं?

(क) ईश्वर (ख) धर्म

(ग) धन (घ) जाति

उत्तर के लिए कृपया पृष्ठ सं. 166 देखें।

482. भगत सिंह के इस कथन के रिक्त स्थान को निम्नलिखित में से किसी एक शब्द से पूरा करें—"मैं अपनी मौत को इतना...बना दूँगा कि सारा ब्रिटिश साम्राज्य उसके नीचे दब जाएगा।"

(क) सख्त (ख) विलक्षण

(ग) अनोखा (घ) कठिन

483. भगत सिंह ने आयरलैंड के किस प्रसिद्ध क्रांतिकारी की आत्मकथा का अनुवाद किया था?

(क) रोजर जॉय (ख) अब्राहम

(ग) डॉन ब्रीन (घ) फेराडे

484. भगत सिंह ने डॉन ब्रीन की जिस पुस्तक का अनुवाद किया था, उसका नाम क्या था?

(क) माई अनटोल्ड स्टोरी

(ख) माई स्टोरी

(ग) माई फाइट फॉर आयरिश फ्रीडम

(घ) माई स्ट्रगल फॉर आयरिश फ्रीडम

485. भगत सिंह 'बंदी जीवन' नामक पुस्तक पढ़कर अत्यंत प्रभावित हुए थे। इस पुस्तक के लेखक का नाम क्या है?

(क) रासबिहारी बोस

(ख) शचींद्रनाथ सान्याल

(ग) लाला हरदयाल

(घ) लाला लाजपत राय

486. भगत सिंह ने डॉन ब्रीन की पुस्तक का अनुवाद किस शीर्षक से किया था?

(क) क्रांति कथा (ख) चिनगारी

(ग) विद्रोह की गाथा (घ) मेरी कहानी

487. भगत सिंह ने फाँसी की कोठरी में बैठकर डॉन ब्रीन की जिस पुस्तक का अनुवाद किया था, वह किसके प्रयासों से प्रकाशित हुई थी?

(क) यशपाल के (ख) सूर्यनारायण व्यास के

(ग) शिव वर्मा के (घ) कुलतार सिंह के

उत्तर के लिए कृपया पृष्ठ सं. 166 देखें।

488. कौन सी पुस्तक तीसरे दशक के क्रांतिकारियों के बीच एक प्रकार की पाठ्य पुस्तक-सी हो गई थी?

(क) बंदी जीवन (ख) माई फाइट फॉर आयरिश फ्रीडम

(ग) चिनगारी (घ) विप्लव

489. भगत सिंह किस पुस्तक को अपनी आत्मकथा कहते थे?

(क) बेलाँ की जीवनी (ख) माई फाइट फॉर आयरिश फ्रीडम

(ग) बंदी जीवन (घ) इनमें से कोई नहीं

490. जिस स्थान पर भगत सिंह को फाँसी दी गई थी, अब वह स्थान क्या बन गया है?

(क) मैदान (ख) यातायात चौराहा

(ग) विद्यालय (घ) कॉलोनी

491. भगत सिंह के दादाजी सरदार सुर्जन सिंह के भाई का नाम क्या था?

(क) भीम सिंह (ख) सुर्जन सिंह

(ग) नकुल सिंह (घ) सतनाम सिंह

492. सरदार अर्जुन सिंह और सरदार सुर्जन सिंह जालंधर से प्रतिनिधि बनकर कहाँ गए थे?

(क) सिख सम्मेलन में (ख) दिल्ली दरबार में

(ग) आर्यसमाज की बैठक में (घ) लाहौर कांग्रेस अधिवेशन में

493. लाहौर में आयोजित कांग्रेस अधिवेशन की अध्यक्षता किसने की थी?

(क) दादाभाई नौरोजी ने (ख) बाल गंगाधर तिलक ने

(ग) गोपाल कृष्ण गोखले ने (घ) महात्मा गांधी ने

494. लाहौर कांग्रेस अधिवेशन में सरदार अर्जुन सिंह और सरदार सुर्जन सिंह किस वेश में गए थे?

(क) शहरी वेश में (ख) साहबी सूट-बूट में

(ग) देहाती वेश में (घ) इनमें से कोई नहीं

495. सरदार अर्जुन सिंह और सरदार सुर्जन सिंह का परिचय दादाभाई नौरोजी से किसने करवाया था?

(क) राय बहादुर जगतराम ने (ख) दीवान फकीरचंद ने

(ग) राय साहब अमीरचंद ने (घ) रायजादा भगतराम ने

उत्तर के लिए कृपया पृष्ठ सं. 166 देखें।

496. सरदार अर्जुन सिंह और सरदार सुर्जन सिंह से मिलने के बाद दादाभाई नौरोजी ने क्या किया?
(क) उनके स्वागत का इंतजाम किया
(ख) उन्हें अपने ही डिब्बे में बिठा लिया
(ग) उन्हें पत्र लिखकर दिया
(घ) उनके लिए प्रशस्ति-पत्र लिखा

497. सरदार अर्जुन सिंह और सरदार सुर्जन सिंह आरंभ में सार्वजनिक जीवन में साथ थे, पर बाद में दोनों के रास्ते अलग क्यों हो गए?
(क) झगड़े के चलते
(ख) पारिवारिक कलह के चलते
(ग) जमीन विवाद के चलते
(घ) एक घटना के चलते

498. अर्जुन सिंह के गाँव का कौन व्यक्ति चीन जाकर अपने साथ प्लेग का विषाणु लेकर लौटा था?
(क) एक बढ़ई (ख) एक दर्जी
(ग) एक हलवाई (घ) एक नाई

499. ब्रिटिश सरकार ने प्लेग से निपटने के लिए क्या आदेश दिए थे?
(क) प्लेग के रोगियों को गाँव से निकाला जाए
(ख) प्लेग के रोगी के घर को ध्वस्त किया जाए
(ग) प्लेग के रोगी को एकांत में रखा जाए
(घ) इनमें से कोई नहीं

500. सरदार अर्जुन सिंह ने प्लेग के रोगियों के घरों को ढहाने के आदेश का विरोध करते हुए सरकार के सामने क्या शर्त रखी थी?
(क) ग्रामीणों को क्षतिपूर्ति मिले
(ख) मकान के बदले जमीन मिले
(ग) नए सिरे से घर बनाना सुनिश्चित किया जाए
(घ) मकान के बदले धन मिले

501. कलक्टर ने अर्जुन सिंह की शर्त के प्रति क्या रुख अपनाया था?
(क) स्वीकार किया (ख) ठुकरा दिया
(ग) नजरअंदाज किया (घ) ध्यान नहीं दिया

उत्तर के लिए कृपया पृष्ठ सं. 166 देखें।

502. सरदार सुर्जन सिंह ने प्लेग-पीड़ितों के घरों को गिराने के मामले में किसका साथ दिया था?

(क) कलक्टर का (ख) ग्रामीण का

(ग) सरदार अर्जुन सिंह का (घ) प्लेग-पीड़ित का

503. बाद में सुर्जन सिंह का धर्म क्या बन गया?

(क) चाटुकारिता (ख) मुनाफाखोरी

(ग) भ्रष्टाचार (घ) सरकार-परस्ती

504. किसके दर्शन करने के बाद सरदार अर्जुन सिंह मुग्ध हो गए थे?

(क) स्वामी विवेकानंद

(ख) स्वामी दयानंद

(ग) स्वामी सहजानंद

(घ) स्वामी नित्यानंद

505. स्वामी दयानंद का भाषण सुनने के बाद सरदार अर्जुन सिंह क्या बन गए थे?

(क) भक्त (ख) वैरागी

(ग) संन्यासी (घ) आर्यसमाजी

506. स्वामी दयानंद ने सरदार अर्जुन सिंह को अपने हाथों से क्या पहनाया था?

(क) गेरुआ वस्त्र (ख) यज्ञोपवीत

(ग) माला (घ) इनमें से कुछ नहीं

507. आर्यसमाजी बन जाना सरदार अर्जुन सिंह के लिए क्या था?

(क) अद्भुत परिवर्तन

(ख) अनूठा अनुभव

(ग) निर्णायक मोड़

(घ) सांस्कृतिक पुनर्जन्म

508. आर्यसमाजी बनने के बाद सरदार अर्जुन सिंह ने क्या खाना छोड़ दिया था?

(क) चावल (ख) दाल

(ग) रोटी (घ) मांस

509. सरदार अर्जुन सिंह का आर्यसमाजी बनना कैसा कदम था?

(क) परिवर्तनकामी (ख) क्रांतिकारी

(ग) अभिनव (घ) मौलिक

उत्तर के लिए कृपया पृष्ठ सं. 166 देखें।

510. सरदार अर्जुन सिंह ने अपने बड़े और मँझले बेटे किशन सिंह तथा अजीत सिंह को जालंधर के किस स्कूल में दाखिला दिलवाया था?

(क) खालसा हाई स्कूल (ख) साईंदास एंग्लो संस्कृत हाई स्कूल
(ग) नेशनल स्कूल (घ) आर्यसमाज स्कूल

511. सरदार अर्जुन सिंह जालंधर में किस वकील के साथ मुंशी के पद पर नौकरी करने लगे थे?

(क) रायजादा भगतराम (ख) राय बहादुर दुलीचंद
(ग) संसारचंद (घ) राय साहब अमीरचंद

512. सरदार अर्जुन सिंह ने किसके साहित्य का गहन अध्ययन किया था?

(क) सिख धर्म (ख) अंग्रेजी
(ग) हिंदू धर्म (घ) आर्यसमाज

513. सनातन धर्मी पंडितों के साथ मूर्तिपूजा और श्राद्ध जैसे विषयों पर हुए कई शास्त्रार्थों में अर्जुन सिंह किसके प्रमुख प्रवक्ता रहे?

(क) समाज (ख) आर्यसमाज
(ग) जाति (घ) वैदिक समाज

514. सरदार अर्जुन सिंह के व्यक्तित्व की दो विशेषताओं में एक परिश्रमशीलता थी तो दूसरी क्या थी?

(क) अध्यवसाय
(ख) सहिष्णुता
(ग) अपरिग्रह की भावना
(घ) सामाजिक सुधार की दृष्टि

515. सरदार अर्जुन सिंह के व्यक्तित्व के बारे में इनमें से कौन सा कथन सही नहीं है?

(क) वे जीवन की जड़ता के घोर विरोधी थे और प्रगति के पूरे समर्थक।
(ख) उन्होंने अपने ही परिश्रम से संस्कृत, हिंदी, उर्दू, फारसी और गुरुमुखी का ज्ञान प्राप्त किया था।
(ग) वे यूनानी हिकमत के सफल हकीम बन गए थे।
(घ) उन्होंने तंत्र विद्या में महारत हासिल कर ली थी।

उत्तर के लिए कृपया पृष्ठ सं. 166 देखें।

516. ब्रिटिश सरकार ने जंगली इलाका बसाने के साथ हर परिवार को कितनी जमीन देने की घोषणा की थी?

(क) 50 एकड़ (ख) 60 एकड़

(ग) 40 एकड़ (घ) 20 एकड़

517. जंगली इलाका बसाने की ब्रिटिश सरकार की घोषणा के बाद सरदार अर्जुन सिंह कहाँ जाकर रहने लगे थे?

(क) जालंधर (ख) कपूरथला

(ग) बंगा गाँव (घ) अमृतसर

518. लायलपुर जिले के बंगा गाँव में सरदार अर्जुन सिंह कब आकर बसे थे?

(क) सन् 1890 में (ख) सन् 1895 में

(ग) सन् 1900 में (घ) सन् 1901 में

519. सरदार अर्जुन सिंह किस मशहूर हकीम से मिलने के लिए कपूरथला गए थे?

(क) अमीर खाँ (ख) अजहर खाँ

(ग) अजमल खाँ (घ) चंगेज खाँ

520. सरदार अर्जुन सिंह की मूल वृत्ति परिग्रह की नहीं तो क्या थी?

(क) परोपकार (ख) त्याग

(ग) सेवा (घ) बलिदान

521. सरदार अर्जुन सिंह के बेटों ने जवान होकर किसका काम सँभाला था?

(क) परिवार का (ख) समाज का

(ग) देश का (घ) पड़ोस का

522. बेटों के जवान होने के बाद सरदार अर्जुन सिंह को परिवार की देखभाल के अलावा और क्या जिम्मेदारी उठानी पड़ी थी?

(क) खेती-बाड़ी (ख) बेटों के मुकदमों की पैरवी

(ग) पशुपालन (घ) इनमें से कोई नहीं

523. ब्रिटिश सरकार ने आर्यसमाज पर सीधा वार न कर धर्म को धर्म से लड़ाने की जो चाल चली, उसका प्रयोगात्मक परीक्षण क्या था?

(क) पटियाला का केस (ख) जालंधर का केस

(ग) कपूरथला का केस (घ) लायलपुर का केस

उत्तर के लिए कृपया पृष्ठ सं. 166 व 167 देखें।

524. ब्रिटिश सरकार आर्यसमाज के जागरण को क्या समझती थी ?
(क) सत्ता के लिए चुनौती
(ख) भविष्य का खतरा
(ग) कल के उत्थान की भूमिका
(घ) इनमें से कोई नहीं

525. ब्रिटिश सरकार किस क्रांतिकारी वृक्ष को अंकुर रूप में ही कुचलना चाहती थी ?
(क) आर्यसमाज (ख) सिख आंदोलन
(ग) खालसा (घ) किसान आंदोलन

526. पटियाला के आर्यसमाजियों पर ब्रिटिश सरकार ने क्या आरोप लगाते हुए मुकदमा चलाया था ?
(क) वे मूर्तिपूजा नहीं करते
(ख) वे सरकार-परस्ती नहीं करते
(ग) वे गुरु ग्रंथ साहिब का अपमान करते हैं
(घ) वे समाज को बदलना चाहते हैं

527. पटियाला के आर्यसमाजियों पर जब ब्रिटिश सरकार ने मुकदमा चलाया तो देश भर में कैसी प्रतिक्रिया हुई ?
(क) स्वागत (ख) सराहना
(ग) विरोध (घ) आलोचना

528. वेद और गुरु ग्रंथ साहिब की महानता सिद्ध करने के लिए सरदार अर्जुन सिंह ने कितने श्लोक पेश किए थे ?
(क) 500 (ख) 300
(ग) 400 (घ) 700

529. काम से फुरसत मिलने पर सरदार अर्जुन सिंह क्या करते थे ?
(क) गाते थे (ख) घूमते थे
(ग) लिखते थे (घ) सोते थे

530. सरदार अर्जुन सिंह की काफी पुस्तकें कौन लेकर चला गया था ?
(क) चोर (ख) मेहमान
(ग) पड़ोसी (घ) पुलिस

उत्तर के लिए कृपया पृष्ठ सं. 167 देखें।

531. बंगा गाँव में सरदार अर्जुन सिंह ने दो कुएँ और एक सराय के अलावा किसका निर्माण करवाया था?

(क) पाठशाला का (ख) मंदिर का

(ग) गुरुद्वारा का (घ) पंचायत भवन का

532. बंगा गाँव में सरदार अर्जुन सिंह ने बड़े परिश्रम से किसका बाग लगाया था?

(क) सेब का (ख) अंगूर का

(ग) आम का (घ) अमरूद का

533. सरदार अर्जुन सिंह मुकदमे में फँसे किसी गरीब आदमी के काम से शहर जाते थे तो अपने साथ क्या लेकर जाते थे?

(क) अपनी छड़ी (ख) अपना पानी

(ग) अपना छाता (घ) अपना खाना

534. सरदार अर्जुन सिंह पैदल कितने मील चलकर शहर जाते थे?

(क) ग्यारह (ख) पंद्रह

(ग) दस (घ) बारह

535. उस युग में मजदूरों को मजदूरी नहीं, सिर्फ रोटी ही दी जाती थी, पर सरदार अर्जुन सिंह मजदूरों को रोटी पर क्या रखकर देते थे?

(क) मजदूरी के पैसे (ख) चटनी

(ग) अचार (घ) नमक

536. सरदार अर्जुन सिंह अछूतों के साथ कैसा व्यवहार करते थे?

(क) भेदभाव का (ख) उपेक्षापूर्ण

(ग) परिवारवालों जैसा (घ) इनमें से कोई नहीं

537. सरदार अर्जुन सिंह ने खेतों में क्या बो दिया था, जिसे सिखों ने अधर्म बताया था?

(क) अफीम (ख) भाँग

(ग) गाँजा (घ) तंबाकू

538. तंबाकू की खेती से दूसरों को दु:खी देखकर सरदार अर्जुन सिंह ने क्या किया था?

(क) प्रायश्चित्त (ख) क्षमायाचना

(ग) खेत में आग लगा दी (घ) इनमें से कोई नहीं

उत्तर के लिए कृपया पृष्ठ सं. 167 देखें।

539. सिद्धांत और अनुशासन के मामले में सरदार अर्जुन सिंह बेहद सख्त थे, मगर किस मामले में बेहद कोमल थे?

(क) पूजा-पाठ (ख) शादी-ब्याह

(ग) सेवा-सहायता (घ) अनुष्ठान

540. सरदार अर्जुन सिंह हर साल कौन सा आयोजन करवाते थे?

(क) भजन संध्या (ख) कुश्ती

(ग) भाषण प्रतियोगिता (घ) यज्ञ

541. सन् 1920 में जब 'असहयोग आंदोलन' शुरू हुआ, तब सरदार अर्जुन सिंह ने कौन सा झंडा रखकर चरखेवाला तिरंगा उठा लिया था?

(क) भगवा झंडा (ख) ओम का लाल झंडा

(ग) किसानवाला झंडा (घ) इनमें से कोई नहीं

542. 'असहयोग आंदोलन' शुरू होने के बाद 'वैदिक धर्म की जय' की जगह सरदार अर्जुन सिंह का क्या नारा हो गया था?

(क) देशवासियों की जय (ख) पंजाब की जय

(ग) भारत माता की जय (घ) पूरे विश्व की जय

543. जिस दिन सरदार अर्जुन सिंह शराब और विदेशी वस्त्रों की दुकानों पर पिकेटिंग करने वाले थे, उसी दिन गांधीजी ने आंदोलन वापस क्यों ले लिया था?

(क) तबीयत खराब होने के कारण

(ख) कार्यकर्ताओं के असहयोग के कारण

(ग) पटियाला कांड के कारण

(घ) चौरी-चौरा कांड के कारण

544. सरदार अर्जुन सिंह के छोटे भाई मेहर सिंह के उस पुत्र का नाम क्या था, जो कांग्रेस आंदोलन से जुड़ा हुआ था?

(क) सरदार हरि सिंह (ख) सरदार जीत सिंह

(ग) सरदार गोपाल सिंह (घ) सरदार वीरेंद्र सिंह

545. सरदार हरि सिंह और उनके साथियों ने सरदार अर्जुन सिंह की छत्रच्छाया में क्या बनाया था?

(क) बंदूक (ख) पुल

(ग) बम (घ) गुरुद्वारा

उत्तर के लिए कृपया पृष्ठ सं. 167 देखें।

546. बम परीक्षण की खबर पाकर जब पुलिस पहुँची तो सरदार अर्जुन सिंह के प्रभाव के कारण क्या संभव नहीं हो पाया?

(क) गिरफ्तारी नहीं हुई (ख) गवाही नहीं मिली

(ग) प्रमाण नहीं मिला (घ) इनमें से कोई नहीं

547. सरदार अर्जुन सिंह ने अपने तीन पुत्रों को किसकी दीक्षा दी थी?

(क) धर्म की (ख) क्रांति की

(ग) ज्ञान की (घ) इनमें से कोई नहीं

548. सरदार अर्जुन सिंह के जीवन के बारे में इनमें से कौन सा कथन सही नहीं है?

(क) उनका एक पुत्र भरी जवानी में शहीद हो गया।

(ख) उनका दूसरा पुत्र देश से जलावतन हो गया।

(ग) उनका तीसरा पुत्र हथकड़ियों की चौसर और बेड़ियों की शतरंज जीवन भर खेलता रहा।

(घ) उन्हें क्रांति-पथ पर पुत्रों को ले जाने पर पछतावा होता रहा।

549. ''मैं अपने दोनों वंशधरों को इस यज्ञ-वेदी पर खड़े हो देश की बलि-वेदी के लिए दान करता हूँ।''—अर्जुन सिंह ने यह उद्घोषणा किस अवसर पर की थी?

(क) अपने पोतों के जन्म के अवसर पर

(ख) अपने पोतों को पाठशाला भेजते समय

(ग) भगत सिंह और जगत सिंह के यज्ञोपवीत संस्कार के अवसर पर

(घ) इनमें से कोई नहीं

550. भगत सिंह की दादी जय कौर की किस धर्म में अखंड श्रद्धा थी?

(क) सिख (ख) वैदिक

(ग) आर्यसमाज (घ) इनमें से कोई नहीं

551. यज्ञोपवीत संस्कार के अवसर पर भगत सिंह के केश नहीं काटने का आग्रह किसने किया था?

(क) दादा ने (ख) माता ने

(ग) दादी ने (घ) पिता ने

552. भगत सिंह के भाई जगत सिंह का देहांत किस रोग के कारण हुआ था?

(क) प्लेग (ख) चेचक

(ग) तपेदिक (घ) सन्निपात

उत्तर के लिए कृपया पृष्ठ सं. 167 देखें।

553. जगत सिंह की मृत्यु से दु:खी होकर सरदार अर्जुन सिंह ने क्या छोड़ दिया था?

(क) खाना (ख) इलाज करना

(ग) पढ़ना (घ) पूजा करना

554. जीवन के अंतिम वर्षों में सरदार अर्जुन सिंह किस रोग से ग्रस्त हो गए थे?

(क) लकवा (ख) उच्च रक्तचाप

(ग) मोतियाबिंद (घ) मधुमेह

555. बीमारी की स्थिति में सरदार अर्जुन सिंह ने किसे दवा देते वक्त पीछे धकेल दिया था?

(क) जय कौर (ख) सरदार किशन सिंह

(ग) विद्यावती (घ) इनमें से कोई नहीं

556. सरदार अर्जुन सिंह का देहांत कब हुआ था?

(क) जनवरी 1932 में (ख) मई 1932 में

(ग) मार्च 1932 में (घ) जुलाई 1932 में

557. सरदार अर्जुन सिंह राष्ट्रीय क्रांति के सबसे पहले दीपकों में एक थे। इस दीपक के लिए बाती की भूमिका किसने निभाई थी?

(क) उनके पिता ने (ख) उनकी दादी ने

(ग) उनके चाचा ने (घ) उनकी पत्नी जय कौर ने

558. भगत सिंह की दादी जय कौर के बारे में इनमें से कौन सा कथन सही नहीं है?

(क) उनकी देह पतली-दुबली थी, पर मन बेहद तपस्वी था।

(ख) मेहनत करने की उनमें अद्‌भुत ताकत थी।

(ग) खतरे की संभावना उन्हें डराती नहीं थी, उत्साहित करती थी।

(घ) उन्होंने परदा-प्रथा का हमेशा पालन किया था।

559. जय कौर ने इलाज की कौन सी विधि सीख ली थी?

(क) सुई लगाना (ख) टूटी हड्डियों को जोड़ना

(ग) मरहम-पट्टी करना (घ) प्रसव करवाना

560. सरदार अर्जुन सिंह वकील के मुंशी से हकीम हुए तो जय कौर अपने क्षेत्र में क्या बन गईं?

(क) नर्स (ख) चौधराइन

(ग) सलाहकार (घ) लेडी डॉक्टर

उत्तर के लिए कृपया पृष्ठ सं. 167 देखें।

561. बरसों तक सरदार अर्जुन सिंह का घर सामाजिक कार्यकर्ताओं के लिए क्या बना रहा?

(क) बसेरा (ख) पड़ाव

(ग) धर्मशाला (घ) होटल

562. बाद में सरदार अर्जुन सिंह का घर क्रांतिकारियों के लिए क्या बन गया?

(क) तीर्थ (ख) तहखाना

(ग) धर्मशाला (घ) पड़ाव

563. भगत सिंह की दादी जय कौर का देहांत कब हुआ था?

(क) सन् 1930 में (ख) सन् 1938 में

(ग) सन् 1935 में (घ) सन् 1940 में

564. भगत सिंह के पिता सरदार किशन सिंह का देहांत कब हुआ था?

(क) 13 जून, 1950 को (ख) 12 फरवरी, 1949 को

(ग) 30 मई, 1951 को (घ) 16 अक्तूबर, 1952 को

565. भगत सिंह के वंश में सामाजिक क्रांति का पहला दीपक किसने जलाया था?

(क) सरदार स्वर्ण सिंह ने (ख) सरदार अर्जुन सिंह ने

(ग) सरदार किशन सिंह ने (घ) सरदार अजीत सिंह ने

566. सरदार किशन सिंह किस राजनीतिक दैनिक पत्र के संपादक थे?

(क) विप्लव (ख) मार्गदर्शक

(ग) सहायक (घ) हितैषी

567. नेपाल पहुँचने पर सरदार किशन सिंह का स्वागत किस तरह किया गया था?

(क) गिरफ्तार किया गया

(ख) उपेक्षा की गई

(ग) राजकीय मेहमान बनाया गया

(घ) नजरबंद किया गया

568. सरदार किशन सिंह के व्यक्तित्व से प्रभावित होनेवाले नेपाल के प्रधानमंत्री का नाम क्या था?

(क) वीर बहादुर राणा (ख) तेज बहादुर राणा

(ग) जंग बहादुर राणा (घ) समर बहादुर राणा

उत्तर के लिए कृपया पृष्ठ सं. 167 देखें।

569. जंग बहादुर राणा किसे प्रतिदिन ज्ञान और प्रेरणा प्राप्त करने के लिए सरदार किशन सिंह के पास भेजते थे?

(क) अपने पुत्र को (ख) अपने भाई को

(ग) अपनी पत्नी को (घ) अपने भतीजे को

570. सरदार किशन सिंह नेपाल सरकार से भारत में क्रांति के लिए किसकी बात कर रहे थे?

(क) सेना और हथियार (ख) राजनीतिक मदद

(ग) धन और सोना (घ) कूटनीतिक मदद

571. जब ब्रिटिश सरकार ने नेपाल सरकार पर सरदार किशन सिंह को भारत भेजने के लिए दबाव डाला तो नेपाल की सीमा तक उन्हें किस प्रकार भेजा गया?

(क) बेड़ियों में जकड़कर (ख) पालकी में बिठाकर

(ग) वाहन में बिठाकर (घ) घोड़े पर बिठाकर

572. किस ब्रिटिश अधिकारी पर आक्रमण के आरोप में सरदार किशन सिंह पर मुकदमा चलाया गया था?

(क) अल्फ्रेड (ख) स्टॉक

(ग) सांडर्स (घ) फिलिप

573. सरदार अजीत सिंह पर हर घड़ी किसकी नजर लगी रहती थी?

(क) सेना (ख) खुफिया पुलिस

(ग) पड़ोसी (घ) फिलिप

574. डी.एस.पी. फिलिप पर हमले के अलावा मुकदमे के दौरान सरदार किशन सिंह के खिलाफ और क्या आरोप लगाया गया था?

(क) बम बनाने का

(ख) सरकार के खिलाफ बगावत का

(ग) बंदूक बनाने का

(घ) दुष्प्रचार करने का

575. जब ब्रिटिश सरकार सरदार अजीत सिंह को साजिश के तहत फँसाने की तैयारी कर रही थी, तब सरदार किशन सिंह ने उन्हें क्या सलाह दी थी?

(क) माफी माँग लेने की (ख) देश से बाहर चले जाने की

(ग) गाँव चले जाने की (घ) समझौता कर लेने की

उत्तर के लिए कृपया पृष्ठ सं. 167 व 168 देखें।

576. किस शहर से होते हुए सरदार अजीत सिंह ईरान पहुँचे थे?
(क) इसलामाबाद (ख) बलूचिस्तान
(ग) कराची (घ) कपूरथला

577. सरदार किशन सिंह की संगठन शक्ति को देखते हुए उनके साथी उन्हें क्या कहकर संबोधित करते थे?
(क) समझदार साथी (ख) सूझ का बादशाह
(ग) ज्ञानी मित्र (घ) आला दिमाग

578. लॉर्ड हार्डिंग्स पर दिल्ली में बम फेंके जाने के बाद ब्रिटिश सरकार बंगाल के किस क्रांतिकारी की तलाश कर रही थी?
(क) बटुकेश्वर दत्त की (ख) रासबिहारी बोस की
(ग) प्रफुल्ल दत्त की (घ) यतींद्रनाथ सान्याल की

579. कामागाटा मारू कांड के विख्यात बाबा कौन थे, जो कई वर्षों तक फरार रहे थे?
(क) गुरुदत्त सिंह (ख) जयवंत सिंह
(ग) खुशवंत सिंह (घ) सुरजीत सिंह

580. जब गुरुद्वारा आंदोलन शुरू हुआ, तब बाबा गुरुदत्त सिंह को ननकाना साहिब में गिरफ्तारी देने का परामर्श किसने दिया था?
(क) सरदार किशन सिंह ने (ख) सरदार स्वर्ण सिंह ने
(ग) सरदार अजीत सिंह ने (घ) सरदार अर्जुन सिंह ने

581. गदर पार्टी की स्थापना कहाँ हुई थी?
(क) अमेरिका में (ख) रूस में
(ग) भारत में (घ) नेपाल में

582. भारत माता सोसाइटी और गदर पार्टी का लक्ष्य एक था, मगर दोनों के बीच किस मामले में अंतर था?
(क) नेतृत्व (ख) संगठन
(ग) कार्य-प्रणाली (घ) संविधान

583. गदर पार्टी के नेतागण अमेरिका से भारत आते समय हर बंदरगाह पर क्या ऐलान करते हुए आए थे?
(क) भारत में क्रांति (ख) भारत छोड़ो आंदोलन
(ग) असहयोग आंदोलन (घ) इनमें से कोई नहीं

उत्तर के लिए कृपया पृष्ठ सं. 168 देखें।

584. गदर पार्टी के नेताओं ने अमेरिका से भारत आते समय तार भेजकर भारत के किस दैनिक पत्र से पूछा था कि क्या भारत में गदर प्रारंभ हो गया है?

(क) हिंदू (ख) सहायक

(ग) प्रताप (घ) अमृत बाजार पत्रिका

585. अमेरिका से भारत पहुँचनेवाले गदर पार्टी के नेताओं के साथ ब्रिटिश सरकार ने क्या बरताव किया था?

(क) स्वागत किया था (ख) गिरफ्तार कर लिया था

(ग) बहिष्कार किया था (घ) उपेक्षा की थी

586. गदर पार्टी के किस नेता ने लाहौर के डी.ए.वी. कॉलेज की सभा में भाषण देते हुए गदर की तारीख की भी घोषणा कर दी थी?

(क) सुजीत सिंह ने (ख) अमृत सिंह ने

(ग) गगन सिंह ने (घ) करतार सिंह सराबा ने

587. सरदार किशन सिंह ने गदर पार्टी की सहायता किस तरह की थी?

(क) नेताओं को आश्रय देकर

(ख) हथियार खरीदने के लिए रुपए देकर

(ग) पार्टी का प्रचार करते हुए

(घ) कार्यालय के लिए आवास देकर

588. 'भारत माता सोसाइटी' का संपूर्ण आंदोलन कैसा था?

(क) उग्र (ख) शांत

(ग) हिंसक (घ) गुप्त

589. वर्ष 1915-16 में 'गदर आंदोलन' के असफल होने के बाद सरदार किशन सिंह लाहौर छोड़कर कहाँ रहने लगे थे?

(क) कपूरथला (ख) कलकत्ता

(ग) बंगा (घ) आगरा

590. सरदार किशन सिंह एक बार किस तरह का कार्य करते हुए लखपति बन गए थे?

(क) बीमा विक्रय का (ख) कपास का व्यापार

(ग) चावल का व्यापार (घ) परचून की दुकान

उत्तर के लिए कृपया पृष्ठ सं. 168 देखें।

591. सरदार किशन सिंह ने नमक का वैगन खरीदकर कितना मुनाफा कमाया था ?
(क) 200 रुपए (ख) 400 रुपए
(ग) 300 रुपए (घ) 500 रुपए

592. अंग्रेजों द्वारा सरदार किशन सिंह को फँसाने के लिए जिस विशेष न्यायपीठ का गठन किया गया था, उस न्यायाधीश का नाम क्या था ?
(क) हेयरसन (ख) जॉनसन
(ग) इमर्सन (घ) रोनाल्ड

593. न्यायाधीश हेयरसन कहाँ के रहनेवाले थे ?
(क) अमेरिका के (ख) आयरलैंड के
(ग) ब्रिटेन के (घ) स्पेन के

594. लाहौर के अनारकली में बब्बर अकालियों ने किसकी हत्या कर दी थी ?
(क) थानेदार (ख) अधिकारी
(ग) व्यवसायी (घ) सैनिक

595. सरदार किशन सिंह ने कभी राजनीति को क्या नहीं बनाया ?
(क) सत्ता का साधन (ख) व्यसन
(ग) लाभ का साधन (घ) पेशा

596. भगत सिंह को इनमें से कौन सा फल सबसे ज्यादा अच्छा लगता था ?
(क) केले (ख) आम
(ग) अंगूर (घ) जामुन

597. भगत सिंह की माता विद्यावती के विवाह के समय उनकी उम्र क्या थी ?
(क) अठारह वर्ष (ख) इक्कीस वर्ष
(ग) ग्यारह वर्ष (घ) बीस वर्ष

598. बचपन में विद्यावतीजी को किस नाम से पुकारा जाता था ?
(क) इंदु (ख) इंदी
(ग) बिंदु (घ) इंदिरा

599. विवाह के समय सरदार किशन सिंह ने पंडित के साथ क्या पढ़ा था ?
(क) वेद (ख) उपनिषद्
(ग) गीता (घ) मंत्र

उत्तर के लिए कृपया पृष्ठ सं. 168 देखें।

600. बंगाल के क्रांतिकारियों से भगत सिंह का प्रथम परिचय किसने कराया था?

(क) प्रो. जयचंद्र ने (ख) सूफी अंबा प्रसाद ने

(ग) भाई परमानंद ने (घ) लाला हरदयाल ने

601. महान् क्रांतिकारी चंद्रशेखर आजाद से भगत सिंह का प्रथम मिलन किस स्थान पर हुआ था?

(क) दिल्ली में (ख) लाहौर में

(ग) कलकत्ता में (घ) कानपुर में

602. जिस परिवार में विद्यावती बहू बनकर आई थीं, वह परिवार वास्तव में क्या था?

(क) विद्रोही

(ख) सत्यवादी

(ग) निष्ठावान्

(घ) विद्रोहियों का अड्डा

603. भगत सिंह के बड़े भाई जगत सिंह का जन्म कब हुआ था?

(क) सन् 1902 में (ख) सन् 1907 में

(ग) सन् 1906 में (घ) सन् 1905 में

604. सरदार किशन सिंह के लिए जो संघर्ष था, विद्यावती के लिए वह क्या था?

(क) संकट (ख) अभिशाप

(ग) वरदान (घ) नियति

605. गदर का आंदोलन असफल होने पर विद्यावती को कहाँ भेजा गया था?

(क) जालंधर (ख) मायके

(ग) बंगा (घ) मामा के घर

606. सरदार किशन सिंह ने कहाँ जमीन खरीदकर खेती का काम शुरू किया था?

(क) बंगा में (ख) अमृतसर में

(ग) जालंधर में (घ) खासरियाँ में

607. कहाँ आकर बसने के बाद भगत सिंह के छोटे भाई कुलवीर सिंह का जन्म हुआ था?

(क) खासरियाँ (ख) जालंधर

(ग) लाहौर (घ) बंगा

उत्तर के लिए कृपया पृष्ठ सं. 168 देखें।

608. ''यही तुम्हें इधर-उधर ले जाता है। इसको आज मैं जरूर थप्पड़ लगाऊँगी।'' भगत सिंह की माता ने यह बात उनके किस साथी के बारे में कही थी?
(क) बटुकेश्वर दत्त (ख) राजगुरु
(ग) सुखदेव (घ) चंद्रशेखर आजाद

609. 23 मार्च, 1963 को जब खटकडकलाँ में भगत सिंह की प्रतिमा का अनावरण किया गया तो उसे सबसे पहला हार किसने पहनाया था?
(क) मुख्यमंत्री ने (ख) विद्यावती ने
(ग) बटुकेश्वर दत्त ने (घ) कुलवीर सिंह ने

610. भगत सिंह के चाचा सरदार अजीत सिंह का जन्म कब हुआ था?
(क) 12 जून, 1881 को (ख) 5 मार्च, 1881 को
(ग) 23 फरवरी, 1881 को (घ) 1 सितंबर, 1881 को

611. सरदार अजीत सिंह ने उच्च शिक्षा किस कॉलेज से प्राप्त की थी?
(क) डी.ए.वी. कॉलेज (ख) हिंदू कॉलेज
(ग) नेशनल कॉलेज (घ) एंग्लो कॉलेज

612. इंटर पास करने के बाद सरदार अजीत सिंह ने क्या काम शुरू किया था?
(क) व्यवसाय (ख) अध्यापन
(ग) दुकानदारी (घ) इनमें से कोई नहीं

613. सरदार अजीत सिंह ने अंग्रेजों का कैसा अध्ययन किया था?
(क) सांस्कृतिक (ख) सामाजिक
(ग) आर्थिक (घ) मनोवैज्ञानिक

614. सरदार अजीत सिंह ने सन् 1906 में किसकी यूनियन बनाई थी?
(क) मजदूरों की (ख) चपरासियों की
(ग) किसानों की (घ) शिक्षकों की

615. आर्यसमाज के लिए लिखा गया सरदार अजीत सिंह का कौन सा पैंफलेट काफी मशहूर हुआ था?
(क) सती का बदला
(ख) विधवा की पुकार
(ग) पुनर्विवाह
(घ) समाज को बदल डालो

उत्तर के लिए कृपया पृष्ठ सं. 168 देखें।

616. सरदार किशन सिंह किस अनाथालय के सुपरिंटेंडेंट थे?
(क) आर्य अनाथालय (ख) हिंदू अनाथालय
(ग) भारत अनाथालय (घ) श्रीगुरु अनाथालय

617. सहारनपुर निवासी किस क्रांतिकारी ने सन् 1904 में एक गुप्त समिति बनाई थी, जिसमें सरदार अजीत सिंह भी शामिल हो गए थे?
(क) रवींद्रनाथ गुप्त (ख) अमलचंद्र बनर्जी
(ग) जतींद्र मोहन चटर्जी (घ) अमितेष मुखर्जी

618. जतींद्र मोहन चटर्जी क्रांतिकारी साहित्य में अपना नाम क्या लिखते थे?
(क) बैरागी बाबा (ख) नीलांबर बाबा
(ग) जतीन बाबा (घ) मोहन बाबा

619. सरदार अजीत सिंह का विवाह किसके साथ हुआ था?
(क) हरनाम कौर (ख) अजीत कौर
(ग) अमृता कौर (घ) सुखवंत कौर

620. भारत माता सोसाइटी ने क्रांतिकारी साहित्य के प्रकाशन के लिए किस संस्था की स्थापना की थी?
(क) आर्य बुक एजेंसी (ख) पंजाब बुक एजेंसी
(ग) भारत माता बुक एजेंसी (घ) विप्लव बुक एजेंसी

621. ब्रिटिश सरकार भारत माता सोसाइटी के आंदोलन को क्या कहकर पुकारने लगी थी?
(क) बगावत (ख) छोटा सन् सत्तावन
(ग) आतंकवाद (घ) गहरी साजिश

622. सूफी अंबा प्रसाद ने सरदार अजीत सिंह के जीवर पर आधारित किस प्रसिद्ध पुस्तक की रचना की थी?
(क) वीर सरदार (ख) साहस का प्रतीक
(ग) देशभक्त सरदार (घ) बागी मसीहा

623. 14 मार्च, 1907 को सरदार अजीत सिंह ने लाहौर में जो भाषण दिया था, उसका विषय क्या था?
(क) कल हमारा है (ख) हिंदुस्तान हमारा है
(ग) अंग्रेजो, भारत छोड़ो (घ) गुलामी को मिटाना है

उत्तर के लिए कृपया पृष्ठ सं. 168 देखें।

624. जनसभाओं में सरदार अजीत सिंह जब ब्रिटिश सरकार के अत्याचारों की कहानियाँ सुनाते थे तो जनता पर कैसी प्रतिक्रिया होती थी?
(क) जनता उत्तेजित हो जाती थी
(ख) जनता हिंसक हो उठती थी
(ग) जनता उदास हो जाती थी
(घ) जनता दहाड़ें मारकर रोने लगती थी

625. जनसभा में आम जनता पर घोड़े दौड़ाने से नाराज होकर सरदार किशन सिंह ने किस अंग्रेज पुलिस अधिकारी की पिटाई कर दी थी?
(क) वीटी (ख) स्टॉक
(ग) सांडर्स (घ) जॉन

626. भारत माता सोसाइटी ने जो आंदोलन चलाया था, उसका झंडा कैसा था?
(क) तीन रंगों का कपड़ा (ख) दो रंगों का कपड़ा
(ग) तीन रंगों का एक डंडा (घ) एक रंग का कपड़ा

627. लायलपुर में आयोजित भारत माता सोसाइटी की जनसभा के संयोजक का क्या नाम था?
(क) अजहरुद्दीन (ख) सहाबुद्दीन
(ग) कमलुद्दीन (घ) बदरुद्दीन

628. 'पगड़ी सँभाल जट्टा, पगड़ी सँभाल ओये' कविता की रचना किसने की थी?
(क) बाँके दयाल (ख) कृष्ण सरल
(ग) शंभू शरण (घ) मोहन सिंह

629. ब्रिटिश सरकार को लाला लाजपत राय और सरदार अजीत सिंह को लेकर क्या गलतफहमी हो गई थी?
(क) दोनों बम बनाते हैं (ख) दोनों गुरु-शिष्य हैं
(ग) दोनों बंदूक बनाते हैं (घ) इनमें से कोई नहीं

630. 'पंजाबी' समाचार-पत्र के संपादक का नाम क्या था?
(क) लाला हरदयाल (ख) लाला लाजपत राय
(ग) लाला जसवंत राय (घ) सरदार अजीत सिंह

उत्तर के लिए कृपया पृष्ठ सं. 168 व 169 देखें।

631. ब्रिटिश सरकार को मिली खुफिया विभाग की रिपोर्ट के अनुसार, सरदार अजीत सिंह 10 मई, 1907 को '1857 के प्रथम स्वतंत्रता संग्राम' की पचासवीं वर्षगाँठ पर किस चीज की तैयारी कर रहे थे?

(क) जनसभा की (ख) हड़ताल की

(ग) जुलूस की (घ) क्रांति की

632. बटाला और गुरुदासपुर की जनसभाओं में सरदार अजीत सिंह ने किसकी हिमायत की थी?

(क) असहयोग आंदोलन की (ख) अनशन की

(ग) सन् 1857 की क्रांति की (घ) आम हड़ताल की

633. सरदार अजीत सिंह का साथ छोड़ने के लिए ब्रिटिश सरकार ने 'इंडिया' नामक समाचार-पत्र के संपादन पर दबाव डाला था। उस संपादक का नाम क्या था?

(क) लाला हरदयाल (ख) लाला पिंडीदास

(ग) लाला बहादुर सिंह (घ) लाला चरण दास

634. सरदार अजीत सिंह ने अपने 'पगड़ी सँभाल जट्टा' के किसान आंदोलन को अपनी वाणी की तेजस्विता से किस रूप में बदल दिया था?

(क) जन-आंदोलन (ख) प्रतीकधर्मी आंदोलन

(ग) प्रतिरोध (घ) राजनीतिक क्रांति

635. अंग्रेजों के जाने के बाद भारत में किस तरह का शासन होगा, इसके बारे में सरदार अजीत सिंह ने क्या तैयार किया था?

(क) मसौदा (ख) कार्यक्रम

(ग) संविधान (घ) रूपरेखा

636. होशियारपुर के तिलक प्रेस की तलाशी में अंग्रेजों को सरदार अजीत सिंह का लिखा हुआ जो परचा मिला था, उसका शीर्षक क्या था?

(क) गुलामी बरदाश्त नहीं

(ख) यह देश हमारा है

(ग) अंग्रेजों का वध करो

(घ) देश को बदल डालो

उत्तर के लिए कृपया पृष्ठ सं. 169 देखें।

637. ब्रिटिश सरकार के गुप्तचर विभाग ने सरदार अजीत सिंह और सूफी अंबा प्रसाद को कितने वर्षों तक कैद रखने का सुझाव दिया था?

(क) पाँच वर्ष (ख) दो वर्ष

(ग) एक वर्ष (घ) चार वर्ष

638. सरदार अजीत सिंह की गतिविधियों के बारे में ब्रिटिश सरकार के खुफिया विभाग ने जो रिपोर्ट तैयार की थी, उसके तहत इनमें से कौन सा कथन सही नहीं है?

(क) सरदार अजीत सिंह खुले तौर पर राजद्रोह फैला रहे हैं।

(ख) सरदार अजीत सिंह ने अंग्रेजों पर आक्रमण कर आजादी पाने का प्रचार जनसभाओं में किया है।

(ग) वे अग्निमुख वक्ता हैं, जो किसानों और सैनिकों को एक साथ भड़का रहे हैं।

(घ) वे अहिंसा को सबसे बड़ा हथियार बताते हैं।

639. 7 मई, 1907 को सरदार अजीत सिंह और लाला लाजपत राय के वारंट निकाले गए। उस वारंट पर दस्तखत करनेवाले गृह सचिव का नाम क्या था?

(क) एच.एच. रिजले (ख) वाई. राज़ारमण

(ग) एम.एल. कांडा (घ) बी.एस. दीक्षित

640. भारत मंत्री मार्ले के अनुसार, 1 मार्च से 1 मई, 1907 तक पंजाब के क्रांतिकारियों ने कितनी जनसभाएँ आयोजित की थीं?

(क) तीस (ख) पचीस

(ग) अट्ठाईस (घ) बीस

641. सरदार अजीत सिंह की शक्ति का स्रोत कौन था?

(क) पिता (ख) भाई

(ग) पत्नी (घ) जनता

642. सरदार अजीत सिंह किसी सूर्य से प्रकाश लेकर चमकनेवाले चाँद नहीं थे, बल्कि क्या थे?

(क) सितारा (ख) दीपक

(ग) सूर्य (घ) बाती

उत्तर के लिए कृपया पृष्ठ सं. 169 देखें।

643. बर्मा के बारे में इनमें से कौन सा कथन सही नहीं है?
(क) सन् 1857 में बहादुरशाह जफर को बर्मा में ही नजरबंद रखा गया था।
(ख) सन् 1882 में कूफा विद्रोह के नेता गुरु रामसिंह को बर्मा में निर्वासन भोगना पड़ा था।
(ग) जफर और गुरु रामसिंह ने आखिरी साँस बर्मा में ही ली थी।
(घ) बर्मा को कालापानी के नाम से भी जाना जाता था।

644. जब ब्रिटिश सरकार ने सरदार अजीत सिंह की पत्नी को दस रुपए मासिक खर्च देने का प्रावधान किया तो उनके परिवार ने क्या रुख अपनाया था?
(क) विरोध किया (ख) स्वीकार किया
(ग) ठुकरा दिया (घ) निंदा की

645. पंजाब के जिस लायलपुर में भगत सिंह का जन्म हुआ था, उसी जिले में सिख धर्म के किस गुरु का जन्म हुआ था?
(क) गुरु नानक देव (ख) गुरु गोविंद सिंह
(ग) गुरु तेग बहादुर (घ) गुरु अर्जुन देव

646. सरदार अर्जुन सिंह के एक भाई का नाम सरदार बहादुर सिंह था। दूसरे भाई का नाम क्या था?
(क) दिलबाग सिंह (ख) रामपाल सिंह
(ग) हरनाम सिंह (घ) चरण सिंह

647. ब्रिटिश सरकार की जी-हुजूरी करनेवाले बहादुर सिंह और दिलबाग सिंह अपने देशभक्त भाई अर्जुन सिंह के बारे में क्या कहते थे?
(क) एक दिन गिरफ्तार होगा (ख) एक दिन पागल हो जाएगा
(ग) एक दिन भीख माँगेगा (घ) भूखा मरेगा

648. बंग-भंग के बाद पूरे देश में किस वायसराय के खिलाफ रोष की लहर दौड़ पड़ी थी?
(क) वारेन हेस्टिंग्स (ख) लॉर्ड कर्जन
(ग) लॉर्ड मिंटो (घ) माउंटबेटन

649. मांडले के किले में सरदार अजीत सिंह को कहाँ रखा गया था?
(क) बंद कोठरी में (ख) जेलर के आवास में
(ग) कैदियों के साथ (घ) साफ-सुथरे बँगले में

उत्तर के लिए कृपया पृष्ठ सं. 169 देखें।

650. मांडले में बंदी जीवन गुजारते हुए सरदार अजीत सिंह सुबह-शाम क्या करते थे?

(क) व्यायाम (ख) लेखन

(ग) पढ़ाई (घ) पूजा

651. ब्रिटिश सरकार ने कब सरदार अजीत सिंह और लाला लाजपत राय को जल्द-से-जल्द रिहा करने का फैसला किया था?

(क) 2 जनवरी, 1907 को (ख) 3 मार्च, 1907 को

(ग) 7 नवंबर, 1907 को (घ) 5 मई, 1907 को

652. सरदार अजीत सिंह और लाला लाजपत राय को मांडले जेल से कब रिहा किया गया था?

(क) 11 नवंबर, 1907 को (ख) 21 सितंबर, 1907 को

(ग) 10 अक्तूबर, 1907 को (घ) 13 अगस्त, 1907 को

653. किस राष्ट्रीय नेता ने ब्रिटिश सरकार को पत्र भेजकर लाला लाजपत राय को निर्दोष बताया था?

(क) महात्मा गांधी ने (ख) गोपाल कृष्ण गोखले ने

(ग) बाल गंगाधर तिलक ने (घ) जवाहरलाल नेहरू ने

654. सरदार अजीत सिंह के 'किसान आंदोलन' का ब्रिटिश सरकार पर क्या प्रभाव पड़ा था?

(क) सरकार क्रुद्ध हुई (ख) सरकार उदासीन रही

(ग) सरकार झुक गई (घ) इनमें से कोई नहीं

655. सरदार अजीत सिंह और लाला लाजपत राय को छोड़ने के लिए ब्रिटिश सरकार ने अपने किस शासक के राज्याभिषेक का बहाना बनाया था?

(क) रानी विक्टोरिया (ख) जॉर्ज पंचम

(ग) जॉर्ज चतुर्थ (घ) जॉर्ज तृतीय

656. किस राष्ट्रीय नेता के विशेष आमंत्रण पर सरदार अजीत सिंह सूरत में आयोजित कांग्रेस अधिवेशन में शामिल हुए थे?

(क) महात्मा गांधी ने (ख) जवाहरलाल नेहरू ने

(ग) गोपाल कृष्ण गोखले ने (घ) बाल गंगाधर तिलक ने

उत्तर के लिए कृपया पृष्ठ सं. 169 देखें।

657. बाल गंगाधर तिलक के पास राजनीतिक जीवन का जो सूत्र था, सरदार अजीत सिंह उसी के क्या थे?

(क) भाष्यकार (ख) मध्यस्थ

(ग) टिप्पणीकार (घ) प्रचारक

658. ''सरदार अजीत सिंह एक विलक्षण व्यक्ति हैं। वे इस लायक हैं कि उन्हें स्वतंत्र भारत का प्रथम राष्ट्रपति बनाया जाए।''—यह कथन किस राष्ट्रीय नेता का था?

(क) गोपाल कृष्ण गोखले (ख) लाला लाजपत राय

(ग) बाल गंगाधर तिलक (घ) रासबिहारी बोस

659. सरदार अजीत सिंह को तिलक ने किस तरह सम्मानित किया था?

(क) शॉल ओढ़ाकर (ख) प्रशस्ति-पत्र देकर

(ग) सिर पर ताज रखकर (घ) मंच पर अपने पास बिठाकर

660. सन् 1908 में तिलक जब गिरफ्तार हुए तो सरदार अजीत सिंह ने क्या किया?

(क) साधुओं के जैसा वस्त्र पहन लिया

(ख) अनशन शुरू कर दिया

(ग) विरोध प्रदर्शन करने लगे

(घ) इनमें से कुछ नहीं

661. पंजाब के किस समाचार-पत्र को ब्रिटिश सरकार सबसे अधिक राजद्रोह फैलानेवाला पत्र मानती थी?

(क) सहायक (ख) पेशवा

(ग) प्रताप (घ) अर्जुन

662. 'पेशवा' समाचार-पत्र की प्रसार संख्या कितनी थी?

(क) 1,500 (ख) 1,200

(ग) 2,000 (घ) 1,000

663. क्रांतिकारियों के बीच संपर्क स्थापित करने के लिए सरदार अजीत सिंह ने किस विधि की खोज की थी?

(क) पत्र-लेखन (ख) गुप्त मंत्रणा

(ग) भाषण कला (घ) कूट भाषा

उत्तर के लिए कृपया पृष्ठ सं. 169 देखें।

664. भारत माता सोसाइटी के आंदोलन से प्रभावित होकर सरदार अजीत सिंह का सहयोग करने के लिए बंगाल के एक क्रांतिकारी आए थे। उनका नाम क्या था?

(क) आनंद कुमार सेन (ख) चंद्रकुमार चक्रवर्ती

(ग) सुनीति कुमार बनर्जी (घ) राखाल गुप्त

665. सरदार अजीत सिंह ने चंद्रकुमार चक्रवर्ती का नाम क्या रख दिया था?

(क) फरिश्ता (ख) वीर बालक

(ग) देवदूत (घ) देशभक्त

666. ईरान पहुँचने पर सरदार अजीत सिंह का स्वागत ईरानी क्रांतिकारी पार्टी के जिस नेता ने किया था, उनका नाम क्या था?

(क) सैयद अलातुल्ला (ख) सैयद फैयाज खाँ

(ग) सैयद बदरुद्दीन खाँ (घ) सैयद असतुल्ला मुज्तबिक

667. ईरान से चलकर सरदार अजीत सिंह कहाँ पहुँचे थे?

(क) अमेरिका (ख) तुर्किस्तान

(ग) रूस (घ) अफगानिस्तान

668. तुर्किस्तान से सरदार अजीत सिंह कहाँ चले गए थे?

(क) काबुल (ख) मास्को

(ग) शीराज (घ) पेरिस

669. शीराज से सरदार अजीत सिंह कहाँ पहुँच गए थे?

(क) तेहरान (ख) तुर्किस्तान

(ग) काबुल (घ) मास्को

670. यात्रा के दौरान सरदार अजीत सिंह को लुटेरों ने कितनी बार लूटा था?

(क) पाँच बार (ख) दस बार

(ग) छह बार (घ) ग्यारह बार

671. ईरान के जिस विदेश मंत्री से सरदार अजीत सिंह की दोस्ती हुई, उसका नाम क्या था?

(क) समाउद्दौला (ख) शम्सुर रहमान

(ग) सिराजुद्दौला (घ) रजाशाह पहलवी

उत्तर के लिए कृपया पृष्ठ सं. 169 देखें।

672. ईरान में रहते हुए सरदार अजीत सिंह ने फारसी भाषा में किस समाचार–पत्र का प्रकाशन शुरू किया था?

(क) बगावत (ख) हयात

(ग) बागी (घ) मुकम्मल

673. क्रांतिकारी कमाल पाशा से सरदार अजीत सिंह ने कहाँ मुलाकात की थी?

(क) तेहरान में (ख) टर्की में

(ग) शीराज में (घ) पेरिस में

674. पेरिस पहुँचकर सरदार अजीत सिंह ने क्या काम किया था?

(क) खेती (ख) व्यवसाय

(ग) दुकानदारी (घ) अध्यापन

675. पेरिस में सरदार अजीत सिंह ने किस संगठन की स्थापना की थी?

(क) इंडिया फोरम (ख) भारतीय क्रांतिकारी संघ

(ग) इंडियन ब्रदर्स (घ) बागी दस्ता

676. स्विट्जरलैंड पहुँचकर सरदार अजीत सिंह किस मंत्री के बच्चे को पढ़ाते रहे थे?

(क) सैयद असद (ख) अब्दुल रहमान

(ग) कलाम (घ) सैयद बदरुद्दीन

677. क्रांतिकारी लेनिन से सरदार अजीत सिंह की मुलाकात कहाँ हुई थी?

(क) पेरिस में (ख) ज्यूरिख में

(ग) स्विट्जरलैंड में (घ) तेहरान में

678. सरदार अजीत सिंह का परिचय जिस समय मुसोलिनी से हुआ, उस समय वह क्या कर रहा था?

(क) शासन कर रहा था (ख) अध्यापन कर रहा था

(ग) व्यापार कर रहा था (घ) कृषि कार्य कर रहा था

679. प्रथम विश्व युद्ध के बाद सरदार अजीत सिंह किस देश में बसकर गुमनाम जिंदगी जीने लगे थे?

(क) जर्मनी में (ख) स्विट्जरलैंड में

(ग) ब्राजील में (घ) ईरान में

उत्तर के लिए कृपया पृष्ठ सं. 169 देखें।

680. सरदार अजीत सिंह कितने वर्षों तक ब्राजील में रहे थे?

(क) बारह (ख) पंद्रह

(ग) सोलह (घ) चौदह

681. ब्राजील में अजीत सिंह ने कपड़े की फर्म के मैनेजर एवं टूथपेस्ट बनानेवाली फैक्टरी के संचालक के रूप में काम करने के अलावा और क्या काम किया था?

(क) चुनाव लड़ा (ख) दुकान खोली

(ग) प्रोफेसर बने (घ) तंबाकू की खेती की

682. ब्राजील में रहते समय अजीत सिंह कितने क्रांतिकारी आंदोलनों में शरीक हुए?

(क) एक (ख) तीन

(ग) दो (घ) चार

683. सरदार अजीत सिंह ब्राजील से फ्रांस किस वर्ष पहुँचे थे?

(क) सन् 1932 में (ख) सन् 1930 में

(ग) सन् 1931 में (घ) सन् 1929 में

684. विदेश में सरदार अजीत सिंह की मुलाकात नेताजी सुभाषचंद्र बोस से कहाँ हुई थी?

(क) पेरिस (ख) स्विट्जरलैंड

(ग) जर्मनी (घ) ब्राजील

685. इटली पहुँचने पर मुसोलिनी ने सरदार अजीत सिंह के साथ कैसा बरताव किया?

(क) उपेक्षा (ख) शानदार स्वागत

(ग) तिरस्कार (घ) इनमें से कोई नहीं

686. रोम में रहते हुए सरदार अजीत सिंह किस विषय के प्रोफेसर बन गए थे?

(क) अंग्रेजी (ख) पंजाबी

(ग) हिंदी (घ) फारसी

687. मुसोलिनी ने सरदार अजीत सिंह को रोम रेडियो में हिंदुस्तानी कार्यक्रम विभाग में किस पद पर नियुक्त किया था?

(क) संपादक (ख) उद्घोषक

(ग) संचालक (घ) निर्माता

उत्तर के लिए कृपया पृष्ठ सं. 169 व 170 देखें।

688. सरदार अजीत सिंह ने किस भारतीय राष्ट्रीय नेता का संपर्क सूत्र मुसोलिनी और हिटलर से जोड़ा था?

(क) बाल गंगाधर तिलक (ख) गोपाल कृष्ण गोखले

(ग) महात्मा गांधी (घ) सुभाषचंद्र बोस

689. भारतीय युद्धबंदियों को लेकर सरदार अजीत सिंह ने किस सेना की स्थापना की थी?

(क) भारत सेना (ख) आजाद हिंद लश्कर

(ग) भारत माता सेना (घ) इनमें से कोई नहीं

690. देश की आजादी के मकसद से काम करने के लिए सरदार अजीत सिंह ने सुभाषचंद्र बोस को कितनी धनराशि दी थी?

(क) पचास हजार (ख) पचीस हजार

(ग) एक लाख (घ) डेढ़ लाख

691. जर्मनी में स्थापित सुभाषचंद्र बोस की 'आजाद हिंद फौज' के लिए सरदार अजीत सिंह ने क्या भेजा था?

(क) धन (ख) वस्त्र

(ग) रसद (घ) सैनिक

692. इटली की सेना 'आजाद हिंद लश्कर' का इस्तेमाल किस तरह करना चाहती थी?

(क) अंग्रेजों के विरुद्ध (ख) अपने हित में

(ग) शांति बहाली के लिए (घ) इनमें से कोई नहीं

693. 'आजाद हिंद लश्कर' को भंग करने के बाद सैनिकों को किस नजरबंदी कैंप में भेजा गया?

(क) विएना (ख) रोम

(ग) उदेना (घ) इनमें से कोई नहीं

694. इटली में सरदार अजीत सिंह को अंग्रेजों ने कब गिरफ्तार कर लिया था?

(क) 2 मई, 1945 को (ख) 13 फरवरी, 1945 को

(ग) 5 मार्च, 1945 को (घ) 4 जून, 1945 को

695. सरदार अजीत सिंह को किस देश के कैंप में नजरबंद करके रखा गया था?

(क) इटली के (ख) भारत के

(ग) जर्मनी के (घ) ब्राजील के

उत्तर के लिए कृपया पृष्ठ सं. 170 देखें।

696. सरदार अजीत सिंह सन् 1914 में किस नाम से पर्शिया के पासपोर्ट पर ब्राजील आए थे?
(क) असद खाँ (ख) फैयाज खाँ
(ग) हमीद खाँ (घ) हसन खाँ

697. जब सरदार अजीत सिंह भारत लौटना चाहते थे, तब भारत सरकार ने उनके प्रति किस तरह का बरताव करने का फैसला किया था?
(क) मित्रवत् (ख) भारतीय नागरिक के रूप में
(ग) शत्रुवत् (घ) विदेशी जैसा

698. भारत सरकार ने सरदार अजीत सिंह के भारत-प्रवेश के बारे में आखिरी बार कब विचार किया था?
(क) जनवरी 1945 में (ख) अप्रैल 1945 में
(ग) अप्रैल 1946 में (घ) जनवरी 1946 में

699. चालीस साल बाद स्वदेश लौटने पर सरदार अजीत सिंह की पत्नी हरनाम कौर ने उनके साथ कैसा बरताव किया था?
(क) परीक्षा ली (ख) लिपट गई
(ग) नहीं पहचाना (घ) पाँव पकड़ लिये

700. "मेरी जिंदगी का मकसद पूरा हो गया। अब मैं जा रहा हूँ।"—सरदार अजीत सिंह ने यह कथन कब कहा था?
(क) 13 अगस्त, 1947 को (ख) 15 अगस्त, 1947 को
(ग) 14 अगस्त, 1947 को (घ) 16 अगस्त, 1947 को

701. भगत सिंह की चाची हरनाम कौर के पिता का नाम क्या था?
(क) श्रीपत राय (ख) अमृत राय
(ग) धनपत राय (घ) हरिवंश राय

702. हरनाम कौर के पिता धनपत राय पेशे से क्या थे?
(क) चिकित्सक (ख) वकील
(ग) व्यवसायी (घ) सरकारी कर्मचारी

703. धनपत राय के जीवन का मिशन क्या था?
(क) देश रक्षा (ख) पर्यावरण रक्षा
(ग) गोरक्षा (घ) स्वच्छता अभियान

उत्तर के लिए कृपया पृष्ठ सं. 170 देखें।

704. भगत सिंह के चाचा सरदार स्वर्ण सिंह का जन्म कब हुआ था?
(क) सन् 1887 में (ख) सन् 1884 में
(ग) सन् 1885 में (घ) सन् 1888 में

705. सरदार स्वर्ण सिंह की देशभक्ति के प्रभाव से अनाथों का निवास क्या बन गया था?
(क) देशभक्तों का डेरा (ख) क्रांति का प्रकाश गृह
(ग) समाज-सुधार केंद्र (घ) इनमें से कोई नहीं

706. सरदार स्वर्ण सिंह भारत माता सोसाइटी में किस पद पर कार्य कर रहे थे?
(क) अध्यक्ष (ख) कोषाध्यक्ष
(ग) मंत्री (घ) प्रचार मंत्री

707. किस अखबार के मालिक और संपादक को सजा सुनाए जाने के बाद सरदार स्वर्ण सिंह ने लाहौर में जुलूस का नेतृत्व किया था?
(क) पेशवा (ख) सहायक
(ग) पंजाबी (घ) भारत मित्र

708. सरदार स्वर्ण सिंह को डेढ़ साल की सजा कब सुनाई गई थी?
(क) 20 जुलाई, 1906 को (ख) 16 मार्च, 1907 को
(ग) 15 जून, 1906 को (घ) 20 जुलाई, 1907 को

709. सरदार स्वर्ण सिंह को किस जेल में रखा गया था?
(क) जालंधर (ख) लुधियाना
(ग) अमृतसर (घ) लाहौर

710. सरदार स्वर्ण सिंह क्रांति के नेता नहीं तो क्या थे?
(क) सहायक (ख) राजदूत
(ग) प्रेरक (घ) इनमें से कोई नहीं

711. सरदार स्वर्ण सिंह के साथ उनके किस साथी पर कई मुकदमे एक साथ चलाए गए थे?
(क) अमीरचंद (ख) दुलीचंद
(ग) फूलचंद मानव (घ) लालचंद फलक

712. सरदार स्वर्ण सिंह की पत्नी का नाम क्या था?
(क) अजीत कौर (ख) हुक्म कौर
(ग) हरभजन कौर (घ) हरकीरत कौर

उत्तर के लिए कृपया पृष्ठ सं. 170 देखें।

713. जेल में सरदार स्वर्ण सिंह किस रोग से ग्रस्त हो गए थे?
(क) मलेरिया (ख) तपेदिक
(ग) पीलिया (घ) कैंसर

714. सरदार स्वर्ण सिंह के रोगग्रस्त होने की खबर पाकर ब्रिटिश सरकार ने उनके साथ कैसा बरताव किया था?
(क) जमानत दे दी
(ख) सजा में ढील कर दी
(ग) चिकित्सा का प्रबंध किया
(घ) पूरी तरह मुक्त कर दिया

715. जेल के सीखचों से मुक्त होकर सरदार स्वर्ण सिंह कितने दिनों तक रोग-शय्या पर पड़े रहे?
(क) दो साल (ख) डेढ़ साल
(ग) एक साल (घ) ढाई साल

716. सरदार स्वर्ण सिंह का देहांत जब हुआ, तब उनकी उम्र कितनी थी?
(क) तेईस वर्ष (ख) चौबीस वर्ष
(ग) बीस वर्ष (घ) बाईस वर्ष

717. भगत सिंह की चाची हुक्म कौर का निधन कब हुआ था?
(क) सन् 1950 में (ख) सन् 1940 में
(ग) सन् 1966 में (घ) सन् 1965 में

718. हुक्म कौर कितने सालों तक वैधव्य का जीवन गुजारती रहीं?
(क) तीस साल (ख) चालीस साल
(ग) पैंतीस साल (घ) छप्पन साल

719. भगत सिंह के पूर्वज क्या थे?
(क) पश्चिमी जाट (ख) उत्तरी जाट
(ग) पूर्वी जाट (घ) संधू जाट

720. भगत सिंह के पूर्वज अठारहवीं सदी के पूर्वार्द्ध में लाहौर के निकट किस गाँव में रहते थे?
(क) नरली (ख) जोरापुर
(ग) गोगा (घ) नवापुर

उत्तर के लिए कृपया पृष्ठ सं. 170 देखें।

721. भगत सिंह के पूर्वज खटकड़कलाँ गाँव में आकर बस गए थे। यह गाँव किस जिले में स्थित था?

(क) लुधियाना (ख) अमृतसर

(ग) जालंधर (घ) कसूर

722. उन्नीसवीं सदी के पूर्वार्द्ध में भगत सिंह के पूर्वजों ने किस राजा की सेना में काम किया था?

(क) महाराजा बलवंत सिंह

(ख) महाराजा रणजीत सिंह

(ग) महाराजा जसवंत सिंह

(घ) इनमें से कोई नहीं

723. भगत सिंह के एक पूर्वज ने कब मुडकी, अलीवाल और समरावन की लड़ाइयों में वीरतापूर्वक अंग्रेजों से युद्ध किया था?

(क) सन् 1845 में (ख) सन् 1846 में

(ग) सन् 1844 में (घ) सन् 1843 में

724. किस युद्ध में अंग्रेजों का साथ नहीं देने पर भगत सिंह के पूर्वजों की जमीन-जायदाद जब्त कर ली गई थी?

(क) सन् 1844 में (ख) सन् 1845 में

(ग) सन् 1857 में (घ) सन् 1846 में

725. भगत सिंह के पूर्वजों पर किस सिख गुरु के बलिदानों का गहरा प्रभाव था?

(क) गुरु अंगद देव (ख) गुरु गोविंद सिंह

(ग) गुरु तेग बहादुर (घ) गुरु नानक देव

726. भगत सिंह के दादा सरदार अर्जुन सिंह ने सन् 1893 में कांग्रेस के किस अधिवेशन की अध्यक्षता की थी?

(क) सूरत (ख) कराची

(ग) लाहौर (घ) नागपुर

727. भगत सिंह के पिता सरदार किशन सिंह का नाम शुरू में क्या रखा गया था?

(क) वचन सिंह (ख) गोविंद सिंह

(ग) अंगद सिंह (घ) मोहन सिंह

उत्तर के लिए कृपया पृष्ठ सं. 170 देखें।

728. भगत सिंह के पिता सरदार किशन सिंह पर आर्यसमाज के किस प्रसिद्ध कार्यकर्ता का प्रभाव पड़ा था ?

(क) रामचरण दास (ख) शिवचरण दास

(ग) लाला सुंदर दास (घ) लछमन दास

729. भगत सिंह के चाचा सरदार अजीत सिंह ने मदाम भीकाजी कामा से कहाँ मुलाकात की थी ?

(क) ज्यूरिख में (ख) ब्राजील में

(ग) तेहरान में (घ) पेरिस में

730. भगत सिंह को इनमें से किस आदरसूचक संबोधन से पुकारा जाता है ?

(क) शहीद-ए-आजम (ख) भारत हृदय

(ग) विप्लव सम्राट् (घ) महान् शहीद

731. भगत सिंह की संपूर्ण विचारधारा मुख्यत: 'क्रांति' के अलावा किस शब्द के इर्द-गिर्द घूमती है ?

(क) स्वतंत्रता (ख) समाजवाद

(ग) मार्क्सवाद (घ) लेनिनवाद

732. 'पंजाब की भाषा और लिपि की समस्या' के विषय में जब भगत सिंह ने एक लेख लिखा था, तब उनकी उम्र कितनी थी ?

(क) बीस (ख) पंद्रह

(ग) सोलह (घ) इक्कीस

733. भगत सिंह के साहित्यिक प्रेम का सबसे बड़ा उदाहरण क्या है ?

(क) पत्र (ख) भाषण

(ग) लेख (घ) जेल डायरी

734. भगत सिंह ने जेल में अंतिम दिनों में 'समाजवाद का आदर्श', 'आत्मरक्षा', 'भारत के क्रांतिकारी आंदोलन का इतिहास' के अलावा कौन सी पुस्तक लिखी थी ?

(क) स्वाधीनता के पथ पर

(ख) मृत्यु के द्वार पर

(ग) एक बागी का बयान

(घ) देश की पुकार

उत्तर के लिए कृपया पृष्ठ सं. 170 देखें।

735. 'वीर अर्जुन' के संपादन में भगत सिंह के साथी दीनानाथ सिद्धांतालंकार ने उनके बारे में क्या लिखा है?

(क) उनमें समाचार संपादन की अपूर्व क्षमता थी

(ख) वे एक खोजी पत्रकार थे

(ग) वे उम्दा अग्रलेख लिखते थे

(घ) वे भाषा-शैली में निपुण थे

736. जिस जेल में भगत सिंह कैद थे, उसके मुख्य वार्डन का नाम क्या था?

(क) सुजान सिंह (ख) चतर सिंह

(ग) राम सिंह (घ) मोहन सिंह

737. जेल का मुख्य वार्डन चतर सिंह भगत सिंह तक चोरी से क्या चीज पहुँचाता था?

(क) भोजन (ख) पत्र

(ग) किताबें (घ) वस्त्र

738. भगत सिंह की किसके इतिहास में विशेष रुचि थी?

(क) मानव जाति (ख) क्रांति

(ग) संसार (घ) ब्रह्मांड

739. डार्विन के विकासवादी सिद्धांत के प्रति भगत सिंह का क्या रुख था?

(क) समर्थक थे (ख) आलोचक थे

(ग) विरोधी थे (घ) तटस्थ थे

740. भगत सिंह सामाजिक व आर्थिक विषमताओं को किसके लिए घातक मानते थे?

(क) समाज के लिए (ख) सभ्यता के लिए

(ग) देश के लिए (घ) विश्व के लिए

741. भगत सिंह किसके आधार पर समाज को पुनर्गठित करना चाहते थे?

(क) गांधीवाद

(ख) माओवाद

(ग) लेनिनवाद

(घ) समाजवाद

उत्तर के लिए कृपया पृष्ठ सं. 170 व 171 देखें।

742. भगत सिंह के अनुसार, जब तक एक मनुष्य द्वारा दूसरे मनुष्य का तथा एक राष्ट्र द्वारा दूसरे राष्ट्र का शोषण होता रहेगा, तब तक क्या संभव नहीं होगा?
(क) सामाजिक विकास (ख) सामाजिक एकता
(ग) राष्ट्रीय आंदोलन (घ) धार्मिक विकास

743. ब्रिटिश सरकार ने भगत सिंह और उनके साथियों को पहले कब फाँसी देने का फैसला किया था?
(क) 24 मार्च, 1931 को (ख) 18 मार्च, 1931 को
(ग) 20 मार्च, 1931 को (घ) 16 मार्च, 1931 को

744. फाँसी के दो घंटे पहले जिस वकील को भगत सिंह से मिलने की अनुमति दी गई, उसका नाम क्या था?
(क) मिलाप चंद अग्रवाल (ख) सुजान सिंह
(ग) रामनाथ गुप्ता (घ) प्राणनाथ मेहता

745. भगत सिंह ने प्राणनाथ मेहता को राष्ट्र के नाम दो संदेश दिए। एक संदेश था—'साम्राज्यवाद का नाश हो'। दूसरा संदेश क्या था?
(क) इनकलाब जिंदाबाद (ख) जय हिंद
(ग) वंदे मातरम् (घ) भारत माता की जय

746. "मैं इस देश में फिर से जन्म लेना चाहता हूँ, जिससे इसकी सेवा कर सकूँ।"—भगत सिंह ने यह कथन कब कहा था?
(क) अदालत में (ख) पत्र में लिखा था
(ग) मित्रों से (घ) अंतिम इच्छा बताते समय

747. "भगत सिंह की मृत्यु वास्तव में उसका पार्थिव अंत था, पर देश ने सचमुच उसी दिन भगत सिंह को जन्म दिया था।"—यह कथन किसका था?
(क) सरदार अजीत सिंह का (ख) बटुकेश्वर दत्त का
(ग) हरनाम कौर का (घ) दुर्गा भाभी का

748. भगत सिंह और उनके साथियों को ब्रिटिश सरकार ने निर्धारित तिथि से एक दिन पहले ही फाँसी क्यों दे दी?
(क) अदालत के कहने पर (ख) भयभीत होकर
(ग) वायसराय के कहने पर (घ) इनमें से कोई नहीं

उत्तर के लिए कृपया पृष्ठ सं. 171 देखें।

749. ''क्रांति-प्रयास के इस विकास में भगत सिंह एक ऐसे व्यक्ति थे, जिसे अंग्रेजों में मोड़-सूचक पाषाण चिह्न कहा जाता है।''—यह कथन किसका है?

(क) विनोबा भावे (ख) यशपाल

(ग) डॉ. भगवानदास माहौर (घ) भगवतीचरण वर्मा

750. ''विभिन्न कारणों से भगत सिंह नौजवानों में नई जागृति के प्रतीक बन गए थे।'' यह कथन किसका था?

(क) जयप्रकाश नारायण (ख) सुभाषचंद्र बोस

(ग) राजेंद्र प्रसाद (घ) मोतीलाल नेहरू

751. ''भगत सिंह एक प्रतीक बन गए। उनके काम को लोग भूल गए, केवल प्रतीक मन में रह गया।''—यह कथन किसका था?

(क) सरदार पटेल (ख) राजगोपालाचारी

(ग) जवाहरलाल नेहरू (घ) मुहम्मद अली जिन्ना

752. ''भगत सिंह के मन में असीम क्रोध और घृणा थी ब्रिटिश साम्राज्यवादी शासन के प्रति और अनन्य श्रद्धा एवं प्रेम था देश और देशवासियों के प्रति।''—यह कथन किसका था?

(क) शिव वर्मा (ख) जयदेव कपूर

(ग) दुर्गा भाभी (घ) इनमें से कोई नहीं

753. ''भगत सिंह ने अपना जीवन समाजवादी आदर्श के लिए अर्पित कर दिया।''—यह कथन किसका था?

(क) विजय कुमार सिन्हा

(ख) कुलदीप नैयर

(ग) लाल बहादुर शास्त्री

(घ) मौलाना अबुल कलाम आजाद

754. ''भगत सिंह ने क्रांतिकारियों को अपने सीमित दायरे से या यों कहिए कि अपने खोल से निकालकर जनता के बीच ले जाकर खड़ा किया और क्रांतिकारी आंदोलन को एक नई दिशा प्रदान की।''—यह कथन किसका था?

(क) बटुकेश्वर दत्त का (ख) यशपाल का

(ग) शिव वर्मा का (घ) भगवतीचरण वर्मा का

उत्तर के लिए कृपया पृष्ठ सं. 171 देखें।

755. ''भगत सिंह संवेदनशील, स्पष्टवादी और निष्कपट स्वभाव के व्यक्ति थे। किसी भी तरह की संकीर्णता उनको छू तक नहीं गई थी।''—यह कथन किसका था?

(क) अजय कुमार घोष का (ख) विधानचंद्र राय का

(ग) बटुकेश्वर दत्त का (घ) ज्योति बसु का

756. ''लाखों लोग, जो गांधी को 'सविनय अवज्ञा आंदोलन' के नेता के रूप में पूजते थे, राष्ट्रीय आंदोलन के एक अन्य महान् प्रतीक के रूप में भगत सिंह को भी पूजते थे।''—यह कथन किसका था?

(क) सरदार पटेल (ख) राजेंद्र प्रसाद

(ग) ई.एम.एस. नंबूदिरीपाद (घ) राम मनोहर लोहिया

757. ''सार्वजनिक जीवन में भगत सिंह का आना एक ऐलान था कि यह नौजवान जनता की भाषा में सोचनेवाला था, क्रांति के लिए आमादा था और क्रांति के सर्वाधिक विकसित विज्ञान से कुछ सीखने को तैयार था।''—यह कथन किसका था?

(क) टी.वी. रणदिवे (ख) सरोजिनी नायडू

(ग) अजय घोष (घ) विजयलक्ष्मी पंडित

758. ''भगत सिंह इस निष्कर्ष पर पहुँचे कि समाजवाद एक वांछित पद्धति की कामना का परिणाम नहीं, बल्कि समाज की आवश्यकताओं का नतीजा है।''—यह कथन किसका था?

(क) कुलदीप नैयर (ख) प्रो. विपिन चंद्र

(ग) खुशवंत सिंह (घ) इनमें से कोई नहीं

759. ''भगत सिंह एवं अन्य क्रांतिकारियों के बलिदान ने देश में नई व सशक्त जागृति उत्पन्न की। जनता ने समझा कि राष्ट्र के अपमान व शोषण का बदला लिया जा सकता है।''—यह कथन किसका था?

(क) विश्वमित्र उपाध्याय का (ख) नागार्जुन का

(ग) राहुल सांकृत्यायन का (घ) रांगेय राघव का

760. जिस लाहौर सेंट्रल जेल में भगत सिंह को कैद कर रखा गया था, अब वहाँ बनाई गई कॉलोनी का नाम क्या है?

(क) हयात (ख) जन्नत

(ग) गुलनार (घ) शादमाँ

उत्तर के लिए कृपया पृष्ठ सं. 171 देखें।

761. जेल में बंद रहते समय भगत सिंह ने पंजाब सरकार को पत्र लिखकर स्वयं को युद्धबंदी बताते हुए क्या अनुरोध किया था?

(क) छोड़ दिया जाए या गोली से उड़ा दिया जाए

(ख) अन्य जेल में भेज दिया जाए

(ग) सजा को बदल दिया जाए

(घ) अपना पक्ष रखने का मौका दिया जाए

762. पंजाब सरकार को लिखे गए पत्र में भगत सिंह ने गांधी-इर्विन समझौते पर क्या नजरिया व्यक्त किया था?

(क) सराहना की थी (ख) निंदा की थी

(ग) निराशा व्यक्त की थी (घ) उपेक्षा की थी

763. फाँसी से पहले भगत सिंह और उनके साथियों ने अपने परिजनों को पत्र लिखा था, किंतु वे पत्र उनके परिजनों को नहीं मिले। इस बात की शिकायत करते हुए किसने पंजाब सरकार के गृह सचिव को पत्र लिखा था?

(क) लाला चिंताराम ने (ख) फूलचंद ने

(ग) दुलीचंद ने (घ) आत्माराम ने

764. 'फ्री प्रेस' के अनुसार, पंजाब सरकार के अंग्रेज अधिकारियों ने भगत सिंह की फाँसी रोकने की स्थिति में इर्विन से क्या कदम उठाने की बात कही थी?

(क) नर-संहार (ख) कार्य-स्थगन

(ग) सामूहिक इस्तीफा (घ) आंदोलन

765. भगत सिंह और उनके साथियों को फाँसी दिए जाने के अगले दिन लाहौर के किस पार्क में लगभग 50 हजार लोग रोते हुए इकट्ठा हुए थे?

(क) कर्जन पार्क (ख) मिंटो पार्क

(ग) मैकाले पार्क (घ) हेस्टिंग्स पार्क

766. "भगत सिंह अमर शहीद हो गए हैं। उनकी मृत्यु से आज लाखों व्यक्ति दुखी हैं।"—यह कथन किसका था?

(क) जवाहरलाल नेहरू

(ख) मुहम्मद अली जिन्ना

(ग) महात्मा गांधी

(घ) सरदार पटेल

उत्तर के लिए कृपया पृष्ठ सं. 171 देखें।

767. "अंग्रेजी कानून इस बात पर अभिमान से झूमता था कि वह गवाही में जिरह के द्वारा प्रमाणित किए बिना किसी अभियुक्त को सजा नहीं देता; परंतु उसी कानून ने ऐसी गवाही के विश्वास पर, जो घटना के बहुत देर बाद प्राप्त हुई थी और जिसमें जिरह का नाम न था—भारत के एक श्रेष्ठ युवक की हत्या कर डाली।"—यह कथन किसका था?

(क) सुभाषचंद्र बोस (ख) राम मनोहर लोहिया

(ग) सरदार पटेल (घ) सरोजिनी नायडू

768. "इस फाँसी से मुझे इतना दुःख हुआ है कि मेरे मुँह से शब्द नहीं निकलते।" यह कथन किसका था?

(क) मदन मोहन मालवीय का (ख) जवाहरलाल नेहरू का

(ग) मोतीलाल नेहरू का (घ) मुहम्मद अली जिन्ना का

769. "हम देश भर के लोग मिलकर भी भारत के ऐसे युवक की रक्षा न कर सके, जो हमारा प्यारा रत्न था और जिसका अदम्य उत्साह, त्याग एवं विकट साहस भारत के युवकों को उत्साहित करता था।"—यह कथन किसका है?

(क) विजयलक्ष्मी पंडित का (ख) जवाहरलाल नेहरू का

(ग) बटुकेश्वर दत्त का (घ) जयदेव कपूर का

770. "अभागे भारत ने अपने इतिहास में ऐसी असहायता का भी अनुभव नहीं किया था, जैसी असहायता का अनुभव उसने 23 तारीख को भगत सिंह की फाँसी के अवसर पर किया है।"—यह कथन किसका था?

(क) मौलाना जफर अली का

(ख) मौलाना अबुल कलाम आजाद का

(ग) हसरत मोहानी का

(घ) अकबर इलाहाबादी का

771. "भगत सिंह और उनके साथियों को फाँसी पर लटकाने में जल्दबाजी कर सरकार ने समस्त देश के मनोभावों को कुचलने का प्रयत्न किया है।"—यह विचार किस समाचार-पत्र का था?

(क) पंजाब (ख) भारत माता

(ग) पेशवा (घ) हिंदू

उत्तर के लिए कृपया पृष्ठ सं. 171 देखें।

772. ''राजनीतिक दृष्टि से इससे अधिक शैतानी कार्य को अंजाम नहीं दिया जा सकता।'' भगत सिंह की फाँसी पर किस समाचार-पत्र ने ये विचार व्यक्त किया था?

(क) स्वराज्य (ख) विप्लव

(ग) नेशन (घ) सहायक

773. ''सरकार ने क्रांतिकारियों की सहानुभूति प्राप्त करने का सुनहरा अवसर हाथ से खो दिया है।'' भगत सिंह की फाँसी पर किस समाचार-पत्र ने यह विचार व्यक्त किया?

(क) मराठा

(ख) स्वदेश मित्रम्

(ग) अमृत बाजार पत्रिका

(घ) पायनियर

774. ''भगत सिंह और उनके साथियों को फाँसी से देश के शिक्षित युवकों में भयंकर असंतोष फैलने की संभावना है।''—भगत सिंह की फाँसी पर किस समाचार-पत्र ने यह विचार व्यक्त किया था?

(क) लीडर (ख) पेशवा

(ग) भविष्य (घ) पंजाबी

775. ''सरदार भगत सिंह, राजगुरु और सुखदेव की फाँसी की सजा रद्द न कर सरकार ने जैसी भयंकर भूल की है, उसकी तुलना कई वर्षों की किसी भयावह घटना से नहीं की जा सकती।'' भगत सिंह की फाँसी पर किस समाचार-पत्र ने यह विचार व्यक्त किया था?

(क) हिंदू (ख) द ट्रिब्यून

(ग) लीडर (घ) पंजाबी

776. ''यह भी संभव है कि इस घटना से महात्मा गांधी का प्रभाव भी एकदम कम हो जाए, जिसने देश को खून-खराबे से अब तक बचा रखा है।'' भगत सिंह की फाँसी पर किस समाचार-पत्र ने यह विचार व्यक्त किया था?

(क) चाँद (ख) हयात

(ग) माधुरी (घ) रियासत

उत्तर के लिए कृपया पृष्ठ सं. 171 देखें।

777. ''इससे देश में बेचैनी बढ़ेगी और महात्मा गांधी जैसे बुद्धिमान एवं प्रभावशाली नेताओं का स्थान नवयुवक छीन लेंगे।'' भगत सिंह की फाँसी पर किस समाचार-पत्र ने यह विचार व्यक्त किया था?

(क) शेर खालसा (ख) विप्लव

(ग) पंजाबी (घ) क्रांति

778. ''जहाँ तक देश में शांति की प्रतिष्ठा और भारत तथा इंग्लैंड के संबंध को कायम रखने का प्रश्न है, हमारी राय में इस फाँसी से उस पर भयंकर प्रहार हुआ है।'' भगत सिंह की फाँसी पर किस समाचार-पत्र ने यह विचार व्यक्त किया था?

(क) जुबान (ख) बगावत

(ग) वतन (घ) आवाज

779. ''शासन-तंत्र ने एक ऐसा कदम उठाया, जिसका परिणाम किसी दशा में अच्छा नहीं हो सकता।'' भगत सिंह की फाँसी पर किस समाचार-पत्र ने यह विचार व्यक्त किया था?

(क) विश्वमित्र (ख) वीर अर्जुन

(ग) सन्मार्ग (घ) मिलाप

780. ''समस्त भारत के एक स्वर से प्रार्थना करने पर भी आखिर भगत सिंह को फाँसी पर लटका ही दिया गया।'' भगत सिंह की फाँसी पर किस समाचार-पत्र ने यह विचार व्यक्त किया था?

(क) रोजाना खिलाफत

(ख) स्वराज्य

(ग) देश

(घ) पतन

781. ''सरदार भगत सिंह को फाँसी देने में यदि सरकार कानून से मजबूर थी तो क्या वह गैर-कानूनी तौर पर फाँसी देने के लिए मजबूरी थी?'' भगत सिंह की फाँसी पर किस समाचार-पत्र ने यह विचार व्यक्त किया था?

(क) प्रताप (ख) गांडीव

(ग) अर्जुन (घ) भविष्य

उत्तर के लिए कृपया पृष्ठ सं. 171 देखें।

782. ''सरकार की जिद से यह बात सिद्ध होती है कि उदारता के ढोल पीटने पर भी सरकार अपने हाथ की शक्ति कम नहीं करना चाहती।'' भगत सिंह की फाँसी पर किस समाचार-पत्र ने यह विचार व्यक्त किया था?

(क) तरुण भारत (ख) यंग इंडिया

(ग) नवीन भारत (घ) विश्वमित्र

783. ''जिस व्यक्ति ने वायसराय को इस आखिरी मौके पर इन नौजवानों को फाँसी पर लटकाने की सलाह दी है, वह सचमुच दोनों देशों का कट्टर दुश्मन है और अत्यंत मूर्ख भी।'' भगत सिंह की फाँसी पर किस समाचार-पत्र ने यह विचार व्यक्त किया था?

(क) शेरे-पंजाब (ख) पंजाबी

(ग) पंजाब केसरी (घ) खालसा

784. ''इनकी मृत्यु के कारण सारे देश पर विषाद की काली छाया पड़ गई है। यह शोक की स्तब्धता नहीं, क्षोभ का गांभीर्य है।'' भगत सिंह की फाँसी पर किस समाचार-पत्र ने यह विचार व्यक्त किया था?

(क) आनंद बाजार पत्रिका (ख) मिलाप

(ग) अमृत बाजार पत्रिका (घ) अर्जुन

785. सरदार भगत सिंह एवं उनके साथियों के शवदाह के विषय में जाँच करने के लिए किसकी ओर से कमेटी गठित की गई थी?

(क) सरकार (ख) नौजवान भारत सभा

(ग) कांग्रेस (घ) आर्यसमाज

786. शहीदों के शवदाह की जाँच करनेवाली कांग्रेस की कमेटी ने कब से बयान लेना शुरू किया?

(क) 9 अप्रैल, 1931 से (ख) 11 अप्रैल, 1931 से

(ग) 10 अप्रैल, 1931 से (घ) 12 अप्रैल, 1931 से

787. कांग्रेस की कमेटी ने जब जाँच में पंजाब सरकार से सहयोग माँगा तो कैसा जवाब मिला?

(क) सहायता मिलेगी (ख) कोई जवाब नहीं

(ग) सहायता नहीं मिलेगी (घ) इनमें से कोई नहीं

उत्तर के लिए कृपया पृष्ठ सं. 171 देखें।

788. भगत सिंह को फाँसी दिए जाने के बाद उनके किस सहयोगी ने अंग्रेजी में उनकी जीवनी लिखी थी?

(क) यशपाल ने (ख) शिव वर्मा ने

(ग) सुशीला दीदी ने (घ) जीतेंद्रनाथ सान्याल ने

789. भगत सिंह की अंग्रेजी में लिखी गई जीवनी किसने जब्त करवाई थी?

(क) वायसराय ने (ख) कलक्टर ने

(ग) संयुक्त प्रांतीय सरकार ने (घ) मजिस्ट्रेट ने

790. भगत सिंह की अंग्रेजी में लिखित जीवनी किस प्रेस से छपी थी?

(क) स्वाधीनता प्रेस (ख) अर्जुन प्रेस

(ग) जागरण प्रेस (घ) चाँद प्रेस

791. भगत सिंह की जीवनी छापने के अपराध में लेखक जीतेंद्रनाथ सान्याल के अलावा किसे गिरफ्तार किया गया था?

(क) प्रकाश सहगल को (ख) वितरक को

(ग) बाइंडर को (घ) इनमें से कोई नहीं

792. भगत सिंह की जीवनी के लेखक और प्रकाशक के कानूनी सलाहकार कौन थे?

(क) व्योमकेश बख्शी (ख) जयचंद सेन

(ग) अखिलनाथ सान्याल (घ) देवी प्रसाद मुखर्जी

793. भगत सिंह की जीवनी के लेखक और प्रकाशक को अदालत में कब पेश किया गया?

(क) 13 जून, 1931 को (ख) 15 जून, 1931 को

(ग) 14 जून, 1931 को (घ) 16 जून, 1931 को

794. भगत सिंह की जीवनी जब्त करने आए पुलिसकर्मियों को 'चाँद' प्रेस में पुस्तक की कितनी प्रतियाँ मिली थीं?

(क) दो (ख) पाँच

(ग) दस (घ) एक

795. भगत सिंह की जीवनी जब्त करने के लिए जो वारंट जारी किया गया था, उसमें किसका प्रयोग करने की बात कही गई थी?

(क) कानून (ख) बल

(ग) गोली (घ) डंडा

उत्तर के लिए कृपया पृष्ठ सं. 171 व 172 देखें।

796. भगत सिंह की जीवनी जिस चाँद प्रेस से प्रकाशित हुई थी, वहाँ से 'चाँद' के अलावा और कौन सा पत्र प्रकाशित होता था?

(क) भविष्य (ख) अर्जुन

(ग) मिलाप (घ) लीडर

797. भगत सिंह की जीवनी के लेखक को जब गिरफ्तार किया जा रहा था, तब चाँद प्रेस के कर्मचारियों ने उन्हें किस तरह बधाई दी?

(क) फूल बरसाकर (ख) शॉल ओढ़ाकर

(ग) माला पहनाकर (घ) चरण-स्पर्श कर

798. भगत सिंह की जीवनी को जब्त करने का आदेश जिस जिला मजिस्ट्रेट ने दिया था, उसका नाम क्या था?

(क) स्कॉट (ख) जॉन

(ग) मूडी (घ) अब्राहम

799. भगत सिंह की जीवनी के लेखक और प्रकाशक ने गिरफ्तार होकर कैसी प्रतिक्रिया जाहिर की थी?

(क) अफसोस (ख) प्रसन्नता

(ग) निराशा (घ) क्षमायाचना

800. भगत सिंह की जीवनी के लेखक व प्रकाशक के कानूनी सलाहकार ने कलक्टर को पत्र लिखकर उनकी जानकारी के बिना क्या नहीं करने का अनुरोध किया था?

(क) सुनवाई (ख) निर्णय

(ग) काररवाई (घ) पूछताछ

801. भगत सिंह की जीवनी के लेखक व प्रकाशक के विरुद्ध जब मुकदमे की सुनवाई हो रही थी, तब परिसर में विद्यार्थीगण क्या नारा लगा रहे थे?

(क) भारत माता की जय (ख) जय हिंद

(ग) वंदे मातरम् (घ) इनकलाब जिंदाबाद

802. अदालत के बाहर भगत सिंह की जीवनी के लेखक व प्रकाशक को किसने फूलों की माला पहनाई थी?

(क) विद्यार्थियों ने (ख) कर्मचारियों ने

(ग) महिलाओं ने (घ) नागरिकों ने

उत्तर के लिए कृपया पृष्ठ सं. 172 देखें।

803. भगत सिंह की जीवनी की जब्ती के मुकदमे के समय जब अदालत परिसर में लोग नारे लगाने लगे, तब मजिस्ट्रेट ने क्या आदेश दिया?

(क) काररवाई रोकने का (ख) लाठीचार्ज का

(ग) गोली चलाने का (घ) आँसू गैस छोड़ने का

804. भगत सिंह की जीवनी की जब्ती के मामले में सफाई पक्ष की तरफ से वेंकटेश नारायण तिवारी के अलावा और किसने गवाही दी थी?

(क) कृष्णकांत मालवीय (ख) आनंद शंकर शर्मा

(ग) मदन मोहन मालवीय (घ) रविशंकर शर्मा

805. भगत सिंह की जीवनी की जब्ती के मुकदमे में गवाह वेंकटेश नारायण तिवारी ने पुस्तक की प्रति किससे प्राप्त होने की बात कही थी?

(क) प्रकाशक से (ख) वितरक से

(ग) लेखक से (घ) प्रशंसक से

806. भगत सिंह की जीवनी की जब्ती के मुकदमे में गवाह वेंकटेश नारायण तिवारी ने पुस्तक के प्रभाव के बारे में क्या बताया था?

(क) सरकार के प्रति घृणा उत्पन्न होती है

(ख) विद्रोही बनने की प्रेरणा मिलती है

(ग) बम बनाने की प्रेरणा मिलती है

(घ) सरकार के प्रति घृणा उत्पन्न नहीं होती

807. भगत सिंह की जीवनी की जब्ती के मुकदमे में गवाह वेंकटेश नारायण तिवारी ने पुस्तक की भाषा को कैसा बताया था?

(क) जीवंत (ख) उत्तेजक

(ग) बेजान (घ) आपत्तिजनक

808. भगत सिंह की जीवनी की जब्ती के मुकदमे में गवाह वेंकटेश नारायण तिवारी के अनुसार, लेखक पुस्तक को क्या बना सकता था?

(क) जहरीली (ख) भाव-प्रवण

(ग) उत्तेजक (घ) फूहड़

809. भगत सिंह की जीवनी की जब्ती के मुकदमे के दौरान गवाह वेंकटेश नारायण तिवारी ने अपनी शिक्षा क्या बताई थी?

(क) मैट्रिक (ख) बी.ए.

(ग) इंटर (घ) एम.ए.

उत्तर के लिए कृपया पृष्ठ सं. 172 देखें।

810. भगत सिंह की जीवनी की जब्ती के मुकदमे के दौरान गवाह कृष्णकांत मालवीय ने पुस्तक के प्रभाव के बारे में क्या बताया था?

(क) पुस्तक सरकार के विरुद्ध असंतोष नहीं फैलाती

(ख) पुस्तक सरकार के विरुद्ध असंतोष फैलाती है

(ग) पुस्तक भड़काती है

(घ) पुस्तक प्रतिशोध की भावना बढ़ाती है

811. भगत सिंह की जीवनी की जब्ती के मुकदमे के दौरान गवाह कृष्णकांत मालवीय के अनुसार, ''इस पुस्तक का कोई बुरा प्रभाव नहीं पड़ सकता, क्योंकि लोगों ने सारी बातें पहले कहीं पढ़ ली थीं?'' कहाँ पढ़ ली थीं?

(क) समाचार-पत्रों में

(ख) पुस्तकालय में

(ग) वाचनालय में

(घ) पत्रिकाओं में

812. रावी नदी में नौकायन का अभ्यास भगत सिंह अकसर किसके साथ करते थे?

(क) सुखदेव के साथ (ख) राजगुरु के साथ

(ग) यशपाल के साथ (घ) जय गोपाल के साथ

813. भगत सिंह की जीवनी की जब्ती के मुकदमे के दौरान गवाह कृष्णकांत मालवीय ने पुस्तक की भाषा को क्या बताया था?

(क) शालीन भाषा (ख) उग्र भाषा

(ग) नम्र भाषा (घ) फूहड़ भाषा

814. भगत सिंह की जीवनी की जब्ती के मुकदमे के गवाह कृष्णकांत मालवीय के अनुसार, पुस्तक पढ़ने पर किसके प्रति सहानुभूति उत्पन्न होती है?

(क) सरकार के प्रति (ख) वायसराय के प्रति

(ग) रानी विक्टोरिया के प्रति (घ) भगत सिंह के प्रति

815. भगत सिंह की जीवनी की जब्ती के मुकदमे को सरकारी वकील ने मानहानि का मामला न बताकर किसका मामला बताया था?

(क) साजिश (ख) देशद्रोह

(ग) राजद्रोह (घ) विश्वासघात

उत्तर के लिए कृपया पृष्ठ सं. 172 देखें।

816. किस अपराध से संबंधित अंग्रेजों के कानून को महात्मा गांधी ने 'भारतीय दंड विधान की धाराओं की रानी' कहकर संबोधित किया था और जिस धारा के तहत भगत सिंह की जीवनी के लेखक व प्रकाशक पर मुकदमा चलाया गया था?

(क) राजद्रोह (ख) हत्या

(ग) डकैती (घ) लूटपाट

817. भगत सिंह की जीवनी लिखनेवाले जीतेंद्रनाथ सान्याल कितने समय तक भगत सिंह के साथ रहे थे?

(क) दो वर्ष (ख) एक वर्ष

(ग) ढाई वर्ष (घ) डेढ़ वर्ष

818. भगत सिंह की जीवनी की समीक्षा किस प्रतिष्ठित पत्रिका में प्रकाशित हुई थी?

(क) वाशिंगटन पोस्ट (ख) पीपुल

(ग) पेरिस रिव्यू (घ) मॉडर्न रिव्यू

819. भगत सिंह की जीवनी लिखकर जीतेंद्रनाथ सान्याल क्या करना चाहते थे?

(क) क्रांति का प्रचार

(ख) जनता को जागरूक बनाना चाहते थे

(ग) ब्रिटिश शासन का खात्मा

(घ) स्वर्गीय मित्र के प्रति कर्तव्य-पालन

820. 'हिंदुस्तान टाइम्स' ने भगत सिंह की जीवनी के बारे में क्या लिखा था?

(क) पुस्तक लिखकर लेखक ने सार्वजनिक सेवा की है

(ख) लेखक ने समाज को गुमराह किया है

(ग) लेखक ने सरकार को चुनौती दी है

(घ) इनमें से कोई नहीं

821. भगत सिंह की जीवनी के लेखक जीतेंद्रनाथ सान्याल ने अदालत में पुस्तक की भाषा के बारे में क्या कहा था?

(क) नम्र और संयत (ख) उत्तेजक

(ग) जहरीली (घ) भाव-प्रवण

उत्तर के लिए कृपया पृष्ठ सं. 172 देखें।

822. किस राष्ट्रीय नेता के अनुरोध पर जीतेंद्रनाथ सान्याल ने अंग्रेजी में भगत सिंह की जीवनी लिखी थी?

(क) जवाहरलाल नेहरू (ख) सुभाषचंद्र बोस
(ग) सरदार पटेल (घ) महात्मा गांधी

823. जीतेंद्रनाथ सान्याल के अनुसार, असेंबली बम कांड में दिए गए भगत सिंह के भाषण से क्या प्रकट होता है?

(क) आंतरिक भाव (ख) क्रांति की प्रेरणा
(ग) सरकार के प्रति गुस्सा (घ) राजद्रोह का भाव

824. जीतेंद्रनाथ सान्याल के अनुसार, भगत सिंह का भाषण सरकार के हिमायती पत्र 'सिविल एंड मिलिटरी गजट' के अलावा किसमें प्रकाशित हो चुका था?

(क) पायनियर में (ख) पंजाबी में
(ग) लीडर में (घ) ट्रिब्यून में

825. जीतेंद्रनाथ सान्याल के अनुसार, भगत सिंह के भाषण का अनुवाद कहाँ प्रकाशित हो चुका था?

(क) विदेशी पत्रों में (ख) जर्मन पत्रों में
(ग) देशी भाषाओं के पत्रों में (घ) रूसी पत्रों में

826. भगत सिंह ने रूस के किस विचारक को गहनता से पढ़ा और उसके विचारों से प्रभावित हुए?

(क) लेनिन (ख) गोर्की
(ग) टॉल्सटॉय (घ) वेलाँ

827. भगत सिंह के पूर्वजों ने पश्चिम में किसके विरुद्ध युद्ध में महाराजा रणजीत सिंह को सहायता दी थी?

(क) अंग्रेजों के विरुद्ध (ख) दस्युओं के विरुद्ध
(ग) पठानों के विरुद्ध (घ) इनमें से कोई नहीं

828. सन् 1914 और 1915 के लाहौर षड्यंत्र केसों में सिखों की कैसी भूमिका का गहरा प्रभाव भगत सिंह पर पड़ा था?

(क) वीरतापूर्ण बलिदान (ख) साहस
(ग) निर्भीकता (घ) एकजुटता

उत्तर के लिए कृपया पृष्ठ सं. 172 देखें।

829. 'भारतीय प्रजातंत्रवादी समिति' का गठन कहाँ हुआ था, जिसमें भगत सिंह शामिल हुए थे?

(क) लाहौर में (ख) दिल्ली में

(ग) कलकत्ता में (घ) इलाहाबाद में

830. किससे प्रेरित होकर भगत सिंह ने एक स्टडी सर्किल की स्थापना की थी?

(क) फ्रांसीसी क्रांतिकारियों से (ख) रूसी क्रांतिकारियों से

(ग) चीनी क्रांतिकारियों से (घ) इनमें से किसी से नहीं

831. अदालत में कितने पठानों द्वारा भगत सिंह की बेरहमी से पिटाई की गई?

(क) आठ (ख) सात

(ग) दस (घ) पाँच

832. लाहौर षड्यंत्र केस ऑर्डिनेंस के बारे में भगत सिंह का क्या विचार था?

(क) इससे पुलिस को असीमित अधिकार मिला

(ख) इससे ब्रिटिश न्याय की पोल खुलती थी

(ग) इससे जनता का गुस्सा बढ़ता था

(घ) इससे क्रांति का मार्ग प्रशस्त होता था

833. भगत सिंह की फाँसी के विरुद्ध आंदोलन गांधी-इर्विन समझौते के कारण रुक गया, जो भारत के युवाओं की दृष्टि में क्या था?

(क) धोखा (ख) आत्मसमर्पण

(ग) कायरता (घ) पराजय

834. भगत सिंह के बारे में जवाहरलाल नेहरू के इस कथन के रिक्त स्थान को निम्नलिखित शब्दों से भरें—

"जब इंग्लैंड हमसे बातें करेगा और समझौते के लिए कहेगा तो हमारे बीच में...पड़ी होगी।"

(क) दरार (ख) खटास

(ग) विचारधारा (घ) भगत सिंह की लाश

835. "वर्तमान समय की घटनाओं में किसी ने सर्वसाधारण के ध्यान को इतना अधिक आकर्षित नहीं किया, जितना कि भगत सिंह के वीरतापूर्ण चरित्र ने।"—यह विचार किस पत्र ने प्रकाशित किया था?

(क) पीपुल (ख) द ट्रिब्यून

(ग) लीडर (घ) हिंदू

उत्तर के लिए कृपया पृष्ठ सं. 172 देखें।

836. भगत सिंह के पूर्वजों को महाराजा रणजीत सिंह ने पुरस्कार-स्वरूप क्या दिया था?

(क) धन (ख) जायदाद

(ग) शस्त्र (घ) स्वर्ण

837. भगत सिंह की दादी जय कौर ने किसे अपनी बुद्धिमानी के चलते गिरफ्तार होने से बचा लिया था?

(क) सूफी अंबा प्रसाद को (ख) सरदार अजीत सिंह को

(ग) लाला हरदयाल को (घ) सरदार किशन सिंह को

838. भगत सिंह के चाचा सरदार अजीत सिंह ने किस राष्ट्रीय नेता को राजनीतिक क्षेत्र में आकर्षित किया था?

(क) सरदार पटेल को (ख) लाला लाजपत राय को

(ग) राजेंद्र प्रसाद को (घ) इनमें से किसी को नहीं

839. भगत सिंह के पिता ने उनका दाखिला सिखों के लिए खोले गए खालसा हाई स्कूल में क्यों नहीं करवाया था?

(क) स्कूल में गंदगी थी (ख) स्कूल काफी दूर था

(ग) शिक्षक अयोग्य थे (घ) स्कूल के अधिकारी राजभक्त थे

840. क्रांतिकारियों की आर्थिक सहायता करने के कारण भगत सिंह के पिता सरदार किशन सिंह को किस कानून के तहत नजरबंद किया गया था?

(क) डिफेंस ऑफ इंडिया ऐक्ट (ख) उग्रवाद निरोधक ऐक्ट

(ग) शस्त्र निरोधक ऐक्ट (घ) राजद्रोह-उन्मूलन ऐक्ट

841. आरंभिक जीवन में भगत सिंह किसके हिंसात्मक क्रांति के पथ की ओर अग्रसर हुए थे?

(क) गरम दल (ख) रूसी क्रांतिकारी

(ग) गुप्त संगठन (घ) बब्बर अकाली

842. यूरोपीय महासमर के आरंभ होने पर किसे भारत में क्रांति का झंडा ऊँचा करने का मौका मिला?

(क) कांग्रेसियों को (ख) विप्लवी संस्थानों को

(ग) बब्बर अकालियों को (घ) इनमें से किसी को नहीं

उत्तर के लिए कृपया पृष्ठ सं. 172 देखें।

843. विप्लवी नेताओं ने किन रेजिमेंटों को अपनी ओर मिलाकर भारत में क्रांति का डंका बजाने की योजना बनाई थी?

(क) मराठा (ख) बंगाली

(ग) गोरखा (घ) सिख और राजपूत

844. जिन रेजिमेंटों पर क्रांतिकारियों के साथ मिल जाने का संदेह हुआ, अंग्रेजों ने उनके साथ कैसा बरताव किया था?

(क) फाँसी दे दी (ख) हथियार छीन लिये

(ग) गोली मार दी (घ) नौकरी से निकाल दिया

845. भगत सिंह का लेख 'होली के दिन रक्त के छींटे' किस पत्र में प्रकाशित हुआ था?

(क) सहायक में (ख) प्रताप में

(ग) मिलाप में (घ) लीडर में

846. भगत सिंह ने 'होली के दिन रक्त के छींटे' शीर्षक लेख किस विषय पर लिखा था?

(क) जलियाँवाला बाग नर-संहार पर

(ख) छह बब्बर अकाली वीरों की फाँसी पर

(ग) जतींद्रनाथ दास की मृत्यु पर

(घ) इनमें से किसी पर नहीं

847. भगत सिंह रूस के किस क्रांतिकारी से अत्यंत प्रभावित थे?

(क) बाकुनिन से (ख) मायकोवस्की से

(ग) लेनिन से (घ) इनमें से किसी से नहीं

848. भगत सिंह जिस द्वारकादास पुस्तकालय के सदस्य थे, उसके अध्यक्ष का नाम क्या था?

(क) मोटू राम शास्त्री (ख) अमीरचंद गुप्त

(ग) राजा राम शास्त्री (घ) दुलीचंद मेहता

849. भगत सिंह रूस के क्रांतिकारियों के किस सिद्धांत पर विश्वास करते थे?

(क) आत्मबलिदान द्वारा प्रचार पर

(ख) हिंसा से परिवर्तन पर

(ग) शत्रुओं के सफाए पर

(घ) इनमें से किसी पर नहीं

उत्तर के लिए कृपया पृष्ठ सं. 172 व 173 देखें।

850. भगत सिंह ने किस पुस्तक को पुस्तकालय से चौंसठ बार निकलवाकर पढ़ा था?

(क) समाजवादी (ख) अराजकतावादी

(ग) साम्यवादी (घ) पूँजीवादी

851. ''पिताजी से कह दो, अब मैं आगे नहीं पढ़ना चाहता।'' भगत सिंह ने यह कथन अपने किस मित्र से कहा था?

(क) शिव वर्मा से (ख) राजगुरु से

(ख) सुखदेव से (घ) जयदेव गुप्त से

852. भगत सिंह ने मन-ही-मन किसे अपना नायक मान लिया था?

(क) लेनिन को (ख) बेलाँ को

(ग) बुकानिन को (घ) करतार सिंह सराबा को

853. भगत सिंह के नायक करतार सिंह सराबा को कब फाँसी की सजा सुनाई गई थी?

(क) 15 सितंबर, 1915 को (ख) 10 सितंबर, 1915 को

(ग) 12 सितंबर, 1915 को (घ) 5 सितंबर, 1915 को

854. किस गुप्त क्रांतिकारी ने भगत सिंह को विधिवत् क्रांतिकारी साहित्य का अध्येता बनाया था?

(क) भाई परमानंद ने (ख) लाला हरदयाल ने

(ग) जयचंद्र विद्यालंकार ने (घ) इनमें से किसी ने नहीं

855. जब ढाई वर्ष की उम्र में बालक भगत सिंह से खेत में उनके चाचा ने पूछा कि तुम क्या बो रहे हो, तो उन्होंने क्या जवाब दिया था?

(क) गन्ना (ख) धान

(ग) गेहूँ (घ) बंदूकें

856. भगत सिंह ने नेशनल कॉलेज में जिस 'नेशनल नाटक क्लब' की स्थापना की थी, अंग्रेजों ने उसके साथ क्या बरताव किया?

(क) अनुदान दिया

(ख) सम्मानित किया

(ग) प्रतिबंध लगाया

(घ) नजरअंदाज किया

उत्तर के लिए कृपया पृष्ठ सं. 173 देखें।

857. भगत सिंह की मातृभाषा पंजाबी थी, पर उन्होंने देश-हित के लिए किस भाषा को अपनाया?

(क) अंग्रेजी (ख) हिंदी
(ग) उर्दू (घ) बँगला

858. पं. बालकृष्ण शर्मा 'नवीन' के संपर्क में आने पर भगत सिंह ने कौन सी भाषा सीखी थी?

(क) फारसी (ख) तमिल
(ग) अवधी (घ) संस्कृत

859. 'कीर्ति' पत्रिका के संपादक का नाम क्या था, जिन्होंने भगत सिंह को विशेषांक निकालने के मौके दिए थे?

(क) सोहन सिंह 'जोश' (ख) अवतार सिंह भुल्लर
(ग) मोहन सिंह सराबा (घ) इनमें से कोई नहीं

860. सोलह साल की उम्र में भगत सिंह किस पत्रिका में नियमित रूप से लिखने लगे थे?

(क) सहायक (ख) खालसा
(ग) अकाली (घ) पंजाबी

861. "अगर मैं ईश्वर को मानता तो भगत सिंह की पूजा करता।"—यह कथन किसका था?

(क) जयदेव गुप्त का (ख) सुखदेव का
(ग) शिव वर्मा का (घ) बटुकेश्वर दत्त का

862. "भगत सिंह और अन्य क्रांतिकारियों में यह एक बड़ा अंतर है कि उन्होंने असाधारण रीति से इस बात की घोषणा की कि भारत को गुलामी के विरुद्ध विद्रोह करने का अधिकार प्राप्त है।" यह कथन किसका था?

(क) बालकृष्ण शर्मा 'नवीन' (ख) विनोबा भावे
(ग) सरोजिनी नायडू (घ) आचार्य नरेंद्र देव

863. "किसी भी देश का युवक कितना सच्चा, चरित्रवान्, वीर, संतोषी, आदर्शवादी, उत्सुक और निखरा हुआ तप्त स्वर्ण हो सकता है, उसका सच्चा उदाहरण भगत सिंह हैं।"—यह कथन किसका था?

(क) गणेश शंकर विद्यार्थी (ख) रासबिहारी बोस
(ग) चंद्रशेखर आजाद (घ) बालकृष्ण शर्मा 'नवीन'

उत्तर के लिए कृपया पृष्ठ सं. 173 देखें।

864. "मैं पूरे जोर से कहता हूँ कि मैं आशाओं व आकांक्षाओं से भरपूर हूँ और जीवन की आनंदमयी रंगीनियों से ओत-प्रोत हूँ; पर आवश्यकता के समय सबकुछ कुरबान कर सकता हूँ—और यही वास्तविक बलिदान है।" भगत सिंह ने ये बातें पत्र में अपने किस मित्र को लिखी थीं?

(क) राजगुरु को (ख) यशपाल को

(ग) सुखदेव को (घ) जयदेव गुप्त को

865. 2 फरवरी, 1931 को जेल से भगत सिंह ने 'कौम के नाम एक संदेश' शीर्षक पत्र लिखा था। वह पत्र किस अखबार में प्रकाशित हुआ था?

(क) पंजाब केसरी में (ख) प्रताप में

(ग) मिलाप में (घ) अर्जुन में

866. 'चाँद' के फाँसी अंक का संपादन भगत सिंह ने किया था, मगर मुखपृष्ठ पर संपादक के रूप में किसका नाम प्रकाशित किया गया था?

(क) बालकृष्ण शर्मा 'नवीन' का

(ख) शिव वर्मा का

(ग) आचार्य नरेंद्र देव का

(घ) आचार्य चतुरसेन शास्त्री का

867. भगत सिंह फाँसी के फंदे को क्या मानते थे?

(क) बलिदान का मंच (ख) प्रचार का मंच

(ग) त्याग का मंच (घ) विचार का मंच

868. 'इनकलाब जिंदाबाद' नारे की आलोचना करने पर भगत सिंह ने किस पत्र को जवाब लिखकर इस नारे को परिभाषित किया था?

(क) पीपुल (ख) मॉडर्न रिव्यू

(ग) ट्रिब्यून (घ) हिंदू

869. भगत सिंह के प्रभावशाली व्यक्तित्व से आकर्षित होकर जेल की उनकी कोठरी में उन्हें देखने के लिए कौन आता था?

(क) अंग्रेज अफसरों की बीवियाँ

(ख) कॉलेज के विद्यार्थी

(ग) सैनिक

(घ) विदेशी पर्यटक

उत्तर के लिए कृपया पृष्ठ सं. 173 देखें।

870. जेल में जो कर्मचारी भगत सिंह की कोठरी की सफाई करने आता था, उसे भगत सिंह प्यार से क्या कहकर पुकारते थे?

(क) भाई (ख) प्यारे

(ग) बेबे (घ) साथी

871. फाँसी से पहले भगत सिंह ने किसके हाथ की बनी रोटियाँ खाने की इच्छा प्रकट की थी?

(क) माँ के (ख) बहन के

(ग) चाची के (घ) सफाई कर्मचारी के

872. अपने किस साथी के सरकारी गवाह बन जाने पर भगत सिंह अदालत में रो पड़े थे?

(क) जय गोपाल (ख) हंसराज

(ग) वंशीलाल (घ) जीवन सिंह

873. ''अगर तुम क्रांतिकारी न होते तो एक सफल प्रिंसिपल जरूर होते।''—यह कथन भगत सिंह से किसने कहा था?

(क) बालकृष्ण शर्मा 'नवीन' (ख) सुखदेव

(ग) आचार्य नरेंद्र देव (घ) गणेश शंकर विद्यार्थी

874. ''आप भाग्यशाली हैं कि आज अपनी आँखों से यह देखने का अवसर पा रहे हैं कि भारत के क्रांतिकारी किस प्रकार प्रसन्नता से अपने सर्वोत्तम आदर्श के लिए मृत्यु का आलिंगन कर सकते हैं।''—यह कथन भगत सिंह ने किससे कहा था?

(क) जेलर से (ख) पुलिस अधिकारी से

(ग) न्यायाधीश से (घ) पत्रकार से

875. पंजाब छोड़कर कानपुर आने के बाद भगत सिंह किस संगठन में शामिल हो गए थे?

(क) हिंदुस्तान रिपब्लिकन एसोसिएशन

(ख) भारत विप्लव संगठन

(ग) भारत माता सोसाइटी

(घ) देशबंधु सोसाइटी

उत्तर के लिए कृपया पृष्ठ सं. 173 देखें।

876. 'हिंदुस्तान रिपब्लिकन एसोसिएशन' में भगत सिंह का नाम क्या रखा गया था?

(क) जगजीत (ख) कुलवंत

(ग) बलवंत (घ) खुशवंत

877. 'हिंदुस्तान रिपब्लिकन एसोसिएशन' में भगत सिंह किसकी देखरेख में काम करने लगे थे?

(क) जगदीशचंद्र चटर्जी (ख) विधानचंद्र राय

(ग) सुनीलचंद्र बनर्जी (घ) अमीरचंद्र खन्ना

878. नेशनल कॉलेज में भगत सिंह ने सुखदेव और भगवतीचरण के साथ मिलकर रूसी क्रांतिकारियों से प्रेरित होकर क्या बना लिया था?

(क) गुप्त संगठन (ख) सशस्त्र दस्ता

(ग) स्टडी सर्किल (घ) फुटबॉल टीम

879. जेल में भगत सिंह से मिलने आई उनकी माँ आशीर्वाद-स्वरूप एक बार क्या लेकर आईं?

(क) सिंदूर (ख) चंदन

(ग) भभूत (घ) गंगाजल

880. काकोरी षड्यंत्र केस के कैदियों ने भगत सिंह से क्या अनुरोध किया था?

(क) जेल से मुक्त करवाने का (ख) अपील करने का

(ग) पुस्तकें भेजने का (घ) वस्त्र भेजने का

881. जब काकोरी कांड के कैदियों को मुक्त करवाने में भगत सिंह को सफलता नहीं मिली, तब वे कहाँ चले गए थे?

(क) बंगा गाँव (ख) इलाहाबाद

(ग) लाहौर (घ) कानपुर

882. काकोरी कांड के बाद 'हिंदुस्तान रिपब्लिकन एसोसिएशन' को क्यों भंग कर दिया गया था?

(क) शासन के डर से

(ख) अर्थ-संकट के चलते

(ग) मतभेद के चलते

(घ) सभी नेता जेल में थे, इसलिए

उत्तर के लिए कृपया पृष्ठ सं. 173 देखें।

883. काकोरी केस में फाँसी की सजा पानेवाले क्रांतिकारियों की स्मृति में भगत सिंह ने किस कार्यक्रम का आयोजन किया था?

(क) जुलूस का (ख) सार्वजनिक प्रदर्शन का

(ग) उपवास का (घ) हड़ताल का

884. आत्म-बलिदान देनेवाले वीर भारतीय युवाओं के लालटेन स्लाइड बनाकर भगत सिंह जो व्याख्यान देते थे, उसे क्या कहकर पुकारा जाता था?

(क) लालटेन लेक्चर

(ख) स्लाइड लेक्चर

(ग) वीर-वर्णन

(घ) शहादत की दास्तान

885. भगत सिंह के लालटेन लेक्चरों के प्रभाव के चलते पंजाब सरकार ने क्या कदम उठाया था?

(क) वारंट जारी किया (ख) निषेधाज्ञा जारी की

(ग) चेतावनी दी (घ) इनमें से कुछ नहीं

886. भगत सिंह ने 'नौजवान भारत सभा' किसकी तर्ज पर बनाई थी?

(क) साम्यवाद की तर्ज पर (ख) अराजकतावाद की तर्ज पर

(ग) समाजवाद की तर्ज पर (घ) स्वच्छंदतावाद की तर्ज पर

887. जमानत के बंधन से मुक्त होते ही भगत सिंह किस कार्यक्षेत्र में कूद पड़े थे?

(क) क्रांति के (ख) अध्ययन के

(ग) अध्यापन के (घ) समाज-सेवा के

888. क्रांतिकारी दल को एकजुट करने के लिए भगत सिंह ने कब देश का भ्रमण किया था?

(क) सन् 1925 में (ख) सन् 1929 में

(ग) सन् 1926 में (घ) सन् 1928 में

889. सितंबर 1925 में दिल्ली में आयोजित क्रांतिकारियों की सभा में भगत सिंह ने सबका ध्यान किन सिद्धांतों की तरफ आकर्षित किया था?

(क) साम्यवाद की तरफ (ख) आतंकवाद की तरफ

(ग) अराजकता की तरफ (घ) समाजवाद की तरफ

उत्तर के लिए कृपया पृष्ठ सं. 173 देखें।

890. क्रांतिकारियों की सभा में भगत सिंह की जोरदार दलीलों से प्रभावित होकर क्या तैयार किया गया था?
(क) भविष्य की योजना (ख) साम्यवादी कार्य-प्रणाली
(ग) हिंसक योजना (घ) क्रांति की रूपरेखा

891. भगत सिंह के सुझाव पर हिंदुस्तान रिपब्लिकन एसोसिएशन का नाम बदलकर क्या रखा गया था?
(क) भारत विप्लव मंच
(ख) हिंदुस्तान बागी सभा
(ग) हिंदुस्तान सोशलिस्ट रिपब्लिकन एसोसिएशन
(घ) भारत माता संघ

892. क्रांतिकारी संगठन का नाम बदलने के भगत सिंह के प्रस्ताव का विरोध किसने किया था?
(क) बंगाल के प्रतिनिधियों ने
(ख) संयुक्त प्रांत के प्रतिनिधियों ने
(ग) बिहार के प्रतिनिधियों ने
(घ) पंजाब के प्रतिनिधियों ने

893. भगत सिंह क्रांतिकारी संगठन के कार्यकर्ता दल के कुशल नेता होने के साथ-साथ और किस दायित्व का निर्वहण करते थे?
(क) धन-संग्रह (ख) अस्त्र संग्रह
(ग) प्रचार कार्य (घ) प्रशिक्षण

894. क्रांतिकारी संगठन ने जब धार्मिक सांप्रदायिकता का बहिष्कार करने का फैसला किया तो भगत सिंह ने क्या किया था?
(क) दाढ़ी-केश कटवा दिए (ख) धर्म की आलोचना करने लगे
(ग) खुद को नास्तिक बताया (घ) इनमें से कोई नहीं

895. सांडर्स वध के अगले दिन जो पोस्टर चिपकाए गए, उन पर किस संगठन का नाम लिखा हुआ था?
(क) हिंदुस्तान रिपब्लिकन एसोसिएशन
(ख) हिंदुस्तान सोशलिस्ट रिपब्लिकन एसोसिएशन
(ग) हिंदुस्तान सोशलिस्ट रिपब्लिकन आर्मी
(घ) नौजवान भारत सभा

उत्तर के लिए कृपया पृष्ठ सं. 173 देखें।

896. काकोरी कांड में संयुक्त प्रांत में गिरफ्तारियाँ होने तथा बंगाल में क्रिमिनल अमेंडमेंट ऐक्ट प्रचलित होने के कारण संयुक्त प्रांत और बंगाल के क्रांतिकारियों पर क्या प्रभाव पड़ा था?

(क) संबंध घनिष्ठ हो गया था (ख) मतभेद बढ़ गया था

(ग) संबंध टूट गया था (घ) इनमें से कोई नहीं

897. बंगाल के क्रांतिकारी दल के साथ संबंध स्थापित करने के लिए भगत सिंह किसके साथ बंगाल गए थे?

(क) जयदेव गुप्त के साथ (ख) सुखदेव के साथ

(ग) शिव वर्मा के साथ (घ) विजय कुमार सिन्हा के साथ

898. देवघर षड्यंत्र केस का संयुक्त प्रांत और बंगाल के क्रांतिकारियों पर क्या प्रभाव पड़ा था?

(क) संबंध टूट गया (ख) कोई प्रभाव नहीं पड़ा

(ग) संबंध गाढ़ा हो गया (घ) इनमें से कोई नहीं

899. बंगाल के क्रांतिकारियों से बात करने के बाद भगत सिंह किसकी खोज करने लगे थे?

(क) हथियारों की (ख) नए सदस्यों की

(ग) गुप्त ठिकाने की (घ) बम बनानेवाले व्यक्ति की

900. बंगाल के क्रांतिकारियों का बम बनाने के संबंध में क्या विचार था?

(क) समर्थक (ख) तटस्थ

(ग) विरोधी (घ) इनमें से कोई नहीं

901. बम बनानेवाले व्यक्ति को भगत सिंह ने क्या विश्वास दिलाया था?

(क) उस कार्य से बंगाल का नाता नहीं होगा

(ख) निरपराधियों पर हमला नहीं होगा

(ग) नियमों का ठीक से पालन होगा

(घ) उचित समय पर बम का प्रयोग होगा

902. बंगाल-यात्रा के समय भगत सिंह ने 'हिंदुस्तान सोशलिस्ट रिपब्लिकन एसोसिएशन' के किस प्रांत की शाखा के नए सदस्यों से जान-पहचान की थी?

(क) पंजाब (ख) संयुक्त प्रांत

(ग) बंगाल (घ) बिहार

उत्तर के लिए कृपया पृष्ठ सं. 173 व 174 देखें।

903. 'हिंदुस्तान सोशलिस्ट रिपब्लिकन एसोसिएशन' के फरार अभियुक्तों को आश्रय देने के लिए आश्रम की स्थापना कहाँ की गई थी?
(क) लाहौर में (ख) दिल्ली में
(ग) कलकत्ता में (घ) आगरा में

904. आगरा और लाहौर के अलावा क्रांतिकारियों ने किस शहर में बम बनाने का केंद्र स्थापित किया था?
(क) सहारनपुर
(ख) कानपुर
(ग) लुधियाना
(घ) जालंधर

905. किस वर्ग की सहानुभूति के कारण क्रांतिकारियों को बम बनाने के रसायन आसानी से प्राप्त हो रहे थे?
(क) विद्यार्थी (ख) व्यवसायी
(ग) नौकरशाही (घ) पूँजीपति

906. क्रांतिकारियों ने आगरा में बनाए गए शुरुआती दो बमों का परीक्षण कहाँ किया था?
(क) दिल्ली (ख) झाँसी
(ग) मेरठ (घ) ग्वालियर

907. जिस समय भगत सिंह और बटुकेश्वर दत्त ने असेंबली में बम फेंके थे, उस समय किस शहर में मजदूरों का आंदोलन जोरों से चल रहा था?
(क) दिल्ली (ख) मद्रास
(ग) कलकत्ता (घ) बंबई

908. असेंबली में बम फेंकते समय भगत सिंह किस वेशभूषा में थे?
(क) सिख (ख) यूरोपियन
(ग) भारतीय (घ) देहाती

909. असेंबली में बम फेंकने से पहले भगत सिंह लगातार कितने दिनों तक असेंबली के भीतर गए थे?
(क) चार बार (ख) दो बार
(ग) तीन बार (घ) एक बार

उत्तर के लिए कृपया पृष्ठ सं. 174 देखें।

910. असेंबली में बम फेंकने के बाद भगत सिंह ने जो परचा बाँटा, उस पर क्या लिखा था?

(क) हिंदुस्तान सोशलिस्ट रिपब्लिकन आर्मी

(ख) हिंदुस्तान रिपब्लिकन एसोसिएशन

(ग) भारत माता सोसाइटी

(घ) हिंदुस्तान सोशलिस्ट रिपब्लिकन एसोसिएशन

911. असेंबली में बम फेंकने के बाद भगत सिंह ने जो परचे बाँटे थे, उनमें किस मशहूर क्रांतिकारी के उद्धरण दिए गए थे?

(क) बेलाँ (ख) करतार सिंह सराबा

(ग) बुकानिन (घ) लेनिन

912. 'हिंदुस्तान सोशलिस्ट रिपब्लिकन एसोसिएशन' का मुख्यालय कहाँ बनाया गया था?

(क) झाँसी (ख) आगरा

(ग) लाहौर (घ) कलकत्ता

913. लाहौर षड्यंत्र केस के मुखबिर का नाम क्या था?

(क) कालीकांत (ख) हंसराज

(ग) राजगोपाल (घ) रघुनाथ

914. भगत सिंह क्रांतिकारी के जीवन में प्रेम को क्या मानते थे?

(क) सहायक (ख) आवश्यक

(ग) रोड़ा (घ) अनुचित

915. भगत सिंह ने सेशन जज की अदालत में जो ऐतिहासिक वक्तव्य दिया था, वह पेरिस के किस समाचार-पत्र में प्रकाशित हुआ था?

(क) ला न्यूज (ख) ला कंट्री

(ग) ला लाइफ (घ) ला ह्यूमेनाइट

916. भगत सिंह ने सेशन जज की अदालत में जो ऐतिहासिक वक्तव्य दिया था, वह रूस के किस समाचार-पत्र में प्रकाशित हुआ था?

(क) प्रावदा (ख) मॉस्को पोस्ट

(ग) ग्लासनोस्ट (घ) मॉस्को टाइम्स

उत्तर के लिए कृपया पृष्ठ सं. 174 देखें।

917. असेंबली बम कांड की घटना के प्रचार का काम किस संगठन ने शुरू कर दिया था?

(क) भारत माता सोसाइटी (ख) जय हिंद सेना
(ग) स्वराज कमेटी (घ) नौजवान भारत सभा

918. भगत सिंह के नारे 'इनकलाब जिंदाबाद' को किस समाचार-पत्र ने मूर्खतापूर्ण ठहराने की कोशिश की थी?

(क) लीडर (ख) मॉडर्न रिव्यू
(ग) पीपुल (घ) द ट्रिब्यून

919. असेंबली बम कांड के कैदियों को आजीवन कारावास का दंड दिए जाने के बाद ही भगत सिंह ने किसकी दशा में सुधार के लिए भूख-हड़ताल की घोषणा कर दी थी?

(क) जेल की (ख) आम कैदियों की
(ग) राजनीतिक कैदियों की (घ) जेल के भोजन की

920. भगत सिंह की भूख-हड़ताल ने पहली बार राजनीतिक बंदियों की दशा में सुधार की तरफ किसका ध्यान आकर्षित किया था?

(क) सरकार (ख) नेता
(ग) प्रेस (घ) जनता

921. भगत सिंह ने भूख-हड़ताल के निश्चय की सूचना जब समाचार-पत्रों को भेजी तो उन्होंने क्या रुख अपनाया?

(क) समर्थन किया (ख) उपेक्षा की
(ग) विरोध किया (घ) इनमें से कुछ नहीं

922. बनारस षड्यंत्र केस के ग्यारह कैदियों में से कितने कैदियों की मौत जेल में हो गई थी?

(क) पाँच (ख) तीन
(ग) छह (घ) दो

923. राजनीतिक कैदियों को जेल-जीवन में सारा समय कैसे व्यतीत करना पड़ता था?

(क) मजदूरी करते हुए (ख) सफाई करते हुए
(ग) चक्की चलाते हुए (घ) अकेले काल कोठरी में

उत्तर के लिए कृपया पृष्ठ सं. 174 देखें।

924. बनारस षड्यंत्र केस के ग्यारह कैदियों में से कितने पागल हो गए थे?

(क) चार (ख) तीन

(ग) एक (घ) दो

925. जेल में भगत सिंह को किस मामले में खुद को फँसाए जाने का आभास हो गया था?

(क) काकोरी षड्यंत्र केस में (ख) सांडर्स हत्याकांड में

(ग) मेरठ षड्यंत्र केस में (घ) बनारस षड्यंत्र केस में

926. भगत सिंह ने जो भूख-हड़ताल शुरू की, उसके चलते कितने महीने तक जनता का ध्यान उनकी तरफ लगा रहा?

(क) पाँच महीने (ख) तीन महीने

(ग) चार महीने (घ) दो महीने

927. अनवरत भूख-हड़ताल करने के कारण यतींद्रनाथ दास के शरीर पर क्या प्रभाव पड़ा था?

(क) सारे शरीर में विष फैल गया

(ख) लकवाग्रस्त हो गए

(ग) वाक्शक्ति चली गई

(घ) दृष्टिहीन हो गए

928. पंजाब सरकार ने भगत सिंह को बॉर्सटल जेल में यतींद्रनाथ दास के पास क्यों भेजा था?

(क) दबाव डालने के लिए (ख) साथ रहने के लिए

(ग) बात करने के लिए (घ) इनमें से कोई नहीं

929. बॉर्सटल जेल में भगत सिंह के रहने पर यतींद्रनाथ दास ने क्या लेना स्वीकार कर लिया था?

(क) पानी (ख) एनीमा

(ग) भोजन (घ) पुस्तक

930. डॉक्टर की रिपोर्ट के अनुसार, भगत सिंह के आग्रह पर एनीमा लेने के कारण यतींद्रनाथ दास और कितने दिनों तक जीवित रह सके थे?

(क) पंद्रह दिन (ख) दस दिन

(ग) सोलह दिन (घ) बीस दिन

उत्तर के लिए कृपया पृष्ठ सं. 174 देखें।

931. "खाँ साहब, आप नहीं जानते कि भगत सिंह कितना बहादुर आदमी है। मैं उसकी बात कभी नहीं टाल सकता।"—यह कथन किसका था?

(क) सुखदेव (ख) यतींद्रनाथ दास

(ग) राजगुरु (घ) शिव वर्मा

932. पंजाब जेल इंक्वायरी कमेटी के निर्णय को देखने तक जीवित रहने के लिए भगत सिंह ने यतींद्रनाथ दास को क्या पीने के लिए तैयार कर लिया था?

(क) पानी (ख) दूध

(ग) दवा (घ) इनमें से कुछ नहीं

933. "देखो भगत सिंह, मैं जानता हूँ कि मुझे अपनी प्रतिज्ञा से पीछे नहीं हटना चाहिए; पर मैं तुम्हारा कहना भी नहीं टाल सकता।"—यह कथन किसका था?

(क) यतींद्रनाथ दास का (ख) राजगुरु का

(ग) सुखदेव का (घ) चंद्रशेखर आजाद का

934. कैदियों की भूख-हड़ताल त्यागने के लिए भगत सिंह ने पहली शर्त क्या रखी थी?

(क) कैदियों को रिहा किया जाए

(ख) कैदियों को बेहतर भोजन मिले

(ग) सुखदेव को बिना शर्त रिहा किया जाए

(घ) यतींद्रनाथ दास को बिना शर्त रिहा किया जाए

935. भगत सिंह ने भूख-हड़ताल छोड़ने की जो पहली शर्त रखी थी, उसके संबंध में जेल इंक्वायरी कमेटी का क्या रुख था?

(क) सहमत थी (ख) नजरअंदाज किया

(ग) असहमत थी (घ) इनमें से कोई नहीं

936. जब सरकार ने भूख-हड़ताल छोड़ने की शर्त को नहीं माना तो भगत सिंह ने क्या किया था?

(क) लेख लिखा

(ख) एकांत में रहने लगे

(ग) नारेबाजी की

(घ) पुनः भूख-हड़ताल शुरू की

उत्तर के लिए कृपया पृष्ठ सं. 174 देखें।

937. किसकी मृत्यु के बाद भगत सिंह ने भूख-हड़ताल स्थगित करने का फैसला किया था?

(क) सोहन सिंह (ख) राजगुरु

(ग) यतींद्रनाथ दास (घ) इनमें से कोई नहीं

938. किस केस के जरिए भगत सिंह और उनके साथियों ने वे सभी उद्देश्य पूरे कर लिये, जिनका सरकार को डर था?

(क) बनारस षड्यंत्र केस (ख) दशहरा केस

(ग) लाहौर षड्यंत्र केस (घ) सांडर्स वध केस

939. भूख-हड़ताल समाप्त होने के बाद भगत सिंह ने तीन सदस्यीय एक कमेटी बनाई। उस कमेटी में भगत सिंह और विजय कुमार सिन्हा के अलावा तीसरा सदस्य कौन था?

(क) सुखदेव (ख) चंद्रशेखर आजाद

(ग) राजगुरु (घ) शिव वर्मा

940. भगत सिंह ने जो तीन सदस्यीय कमेटी बनाई थी, उसका उद्देश्य क्या था?

(क) कानूनी लड़ाई लड़ना (ख) संगठन को मजबूत बनाना

(ग) कैदियों की दशा सुधारना (घ) अपने सिद्धांतों का प्रचार करना

941. भगत सिंह अपने सिद्धांतों को किसके पास पहुँचाना चाहते थे?

(क) सरकार के (ख) जनता के

(ग) नेता के (घ) मजिस्ट्रेट के

942. भगत सिंह विचाराधीन कैदियों के किन अधिकारों के लिए लड़ना चाहते थे?

(क) शिक्षा (ख) स्वच्छता

(ग) आहार (घ) प्राथमिक चिकित्सा

943. भगत सिंह ने विचाराधीन कैदियों के लिए संघर्ष करते हुए जेल अधिकारियों को क्या करने के लिए मजबूर कर दिया?

(क) सुविधाएँ देने के लिए

(ख) सलाम करने के लिए

(ग) मनोरंजन की व्यवस्था करने के लिए

(घ) इनमें से कुछ नहीं

उत्तर के लिए कृपया पृष्ठ सं. 174 देखें।

944. भगत सिंह की माँग पर राजनीतिक कैदियों को सुविधाएँ देकर ब्रिटिश सरकार ने अपरोक्ष रूप से उन्हें क्या स्वीकार कर लिया था?

(क) वीर (ख) साहसी

(ग) देशभक्त (घ) मेहमान

945. मुलाकातियों को जेल के अंदर आने की इजाजत न मिलने के कारण भगत सिंह ने क्या करने का निश्चय किया?

(क) दूसरी लड़ाई (ख) उपवास

(ग) नारेबाजी (घ) इनमें से कोई नहीं

946. सांडर्स वध के मुकदमे की कारवाई कहाँ होती थी?

(क) लाहौर अदालत में (ख) दिल्ली अदालत में

(ग) लाहौर सेंट्रल जेल में (घ) इनमें से कहीं नहीं

947. भगत सिंह ने मुकदमे की पेशी पर दर्शकों को उपस्थित रहने की इजाजत दिलाने के लिए कितने दिनों तक संघर्ष किया था?

(क) दो महीना (ख) एक महीना

(ग) तीन महीना (घ) चार महीना

948. भगत सिंह मुकदमे की पेशी पर जनता की उपस्थिति जरूरी क्यों समझते थे?

(क) नारेबाज़ी के लिए

(ख) समर्थन के लिए

(ग) सुरक्षा के लिए

(घ) सिद्धांतों का प्रचार करने के लिए

949. लाहौर सेंट्रल जेल में भगत सिंह के खिलाफ मुकदमे की कारवाई किस नारे के साथ शुरू होती थी?

(क) भारत माता की जय (ख) इनकलाब जिंदाबाद

(ग) अंग्रेजो, भारत छोड़ो (घ) वंदे मातरम्

950. लाहौर षड्यंत्र केस के प्रभाव से बाद में पंजाब में कितने षड्यंत्र केस हुए?

(क) दस (ख) आठ

(ग) छह (घ) चार

उत्तर के लिए कृपया पृष्ठ सं. 174 देखें।

951. लाहौर षड्यंत्र केस की विशेषता क्या थी?
   (क) जज हँसते रहते थे
   (ख) गवाह चुप रहते थे
   (ग) अदालत में शोर होता था
   (घ) मुलजिम गवाहों से स्वयं जिरह करते थे

952. गवाहों और मुखबिरों से स्वयं जिरह करने के पीछे भगत सिंह का उद्देश्य क्या था?
   (क) सच का पता लगाना (ख) सिद्धांतों का प्रचार करना
   (ग) जज को प्रभावित करना (घ) दर्शकों को प्रभावित करना

953. भगत सिंह लाहौर षड्यंत्र केस को क्या बनाना चाहते थे?
   (क) यादगार मुकदमा
   (ख) आजादी का मंच
   (ग) युवाओं में वीरता फैलाने का साधन
   (घ) इनमें से कोई नहीं

954. भगत सिंह किस अवसर को हाथ से नहीं जाने देते थे?
   (क) भाषण (ख) प्रदर्शन
   (ग) लेखन (घ) इनमें से कोई नहीं

955. किस देश में भूख-हड़ताल करते हुए एक राजनीतिक कैदी की मृत्यु हो जाने पर भगत सिंह ने खुली अदालत में प्रदर्शन किया था?
   (क) रूस (ख) फ्रांस
   (ग) हंगरी (घ) अमेरिका

956. खुली अदालत में मुकदमे की पेशी के दौरान भगत सिंह जनता को क्या देते थे?
   (क) पत्र (ख) संदेश
   (ग) उपहार (घ) इनमें से कुछ नहीं

957. जब अदालत में भगत सिंह जनता को संदेश देते थे तो जज क्या करते थे?
   (क) नाराज होते थे (ख) कारखाई में दर्ज करते थे
   (ग) उदासीन रहते थे (घ) इनमें से कोई नहीं

उत्तर के लिए कृपया पृष्ठ सं. 174 व 175 देखें।

958. भगत सिंह के संदेशों को जज कारवाई में क्यों शामिल करते थे?
(क) निष्पक्षता के कारण
(ख) प्रभावित होकर
(ग) लापरवाही के कारण
(घ) फँसाने के लिए

959. भगत सिंह के जनता के नाम संदेशों के द्वारा जज क्या जुटाना चाहते थे?
(क) तथ्य (ख) सूचना
(ग) प्रमाण (घ) इनमें से कुछ नहीं

960. अदालत में मुखबिर राजगोपाल पर किस क्रांतिकारी ने चप्पल फेंकी थी?
(क) सुखदेव ने (ख) राजगुरु ने
(ग) प्रेम दत्त ने (घ) शिव वर्मा ने

961. जब अदालत ने भगत सिंह और उनके साथियों को हथकड़ी पहनाकर अदालत में लाने का आदेश दिया तो अगले दिन क्या हुआ?
(क) पुलिस किसी को अदालत नहीं ला पाई
(ख) कैदियों ने अनशन किया
(ग) जनता ने अदालत को घेर लिया
(घ) इनमें से कोई नहीं

962. भगत सिंह और उनके साथियों ने क्या बहाना बनाकर हथकड़ियों से खुद को मुक्त किया था?
(क) शौच (ख) स्नान
(ग) आहार (घ) इनमें से कोई नहीं

963. हथकड़ी पहनने से इनकार करने पर भगत सिंह और उनके साथियों की पिटाई करने के लिए अदालत में किसे बुलाया गया था?
(क) पुलिस को (ख) जेलर को
(ग) सेना को (घ) पठानों की पलटन को

964. भगत सिंह के साथ अमानुषिक मार-पीट के विरोध में जनता की क्या प्रतिक्रिया हुई?
(क) लाहौर में जनसभा (ख) प्रदर्शन
(ग) हड़ताल (घ) नारेबाजी

उत्तर के लिए कृपया पृष्ठ सं. 175 देखें।

965. अदालत में भगत सिंह की पिटाई करने के बाद जेल में पुलिस ने उनके साथ क्या किया था?

(क) खातिरदारी (ख) नए सिरे से पिटाई

(ग) उपचार (घ) इनमें से कुछ नहीं

966. पुलिस ने अदालत में रिपोर्ट देकर हथकड़ियों में भगत सिंह व साथियों को पेश करने में असमर्थता जाहिर करते हुए क्या कहा था?

(क) मारना संभव है, लाना संभव नहीं

(ख) पेशी जेल में ही हो

(ग) कैदियों को अन्यत्र भेज दिया जाए

(घ) इनमें से कोई नहीं

967. भगत सिंह व उनके साथियों के हठ के कारण हथकड़ियाँ पहनाने के आदेश के बारे में अदालत ने क्या रुख अपनाया था?

(क) नजरबंदी बढ़ाई (ख) आदेश वापस ले लिया

(ग) नाराजगी जाहिर की (घ) पीटने का आदेश दिया

968. लाहौर षड्यंत्र केस की जानकारी हासिल करने के लिए पोलैंड की एक महिला ने क्या भेजा था?

(क) दूत (ख) अपने पुत्र को

(ग) पत्र (घ) पैसे

969. लाहौर षड्यंत्र केस की ख्याति के साथ देश भर में कौन सा दिवस मनाया गया?

(क) लाला लाजपत राय दिवस

(ख) भगत सिंह दिवस

(ग) करतार सिंह सराबा दिवस

(घ) चंद्रशेखर आजाद दिवस

970. लाहौर षड्यंत्र केस में क्रांतिकारियों की मदद करने के लिए कनाडा और अमेरिका के अलावा किस देश से चंदा आ रहा था?

(क) रूस से (ख) पोलैंड से

(ग) चीन से (घ) जापान से

उत्तर के लिए कृपया पृष्ठ सं. 175 देखें।

971. लाहौर षड्यंत्र केस की प्रसिद्धि के बाद किसके चित्र कैलेंडर के रूप में बिकने लगे?

(क) भगत सिंह (ख) रामप्रसाद 'बिस्मिल'

(ग) करतार सिंह सराबा (घ) चंद्रशेखर आजाद

972. मोतीलाल नेहरू ने अदालत में भगत सिंह और उनके साथियों से कितनी बार मुलाकात की थी?

(क) एक बार (ख) तीन बार

(ग) दो बार (घ) चार बार

973. भगत सिंह एवं उनके साथियों के साथ आखिरी मुलाकात में मोतीलाल नेहरू कितनी देर तक कठघरे में उनके साथ रहे थे?

(क) दो घंटे (ख) आधा घंटा

(ग) पंद्रह मिनट (घ) एक घंटा

974. युवा पीढ़ी पर लाहौर षड्यंत्र केस का संक्रामक प्रभाव देखकर ब्रिटिश सरकार ने क्या अध्यादेश निकाला था?

(क) क्रिमिनल ऑर्डिनेंस (ख) लाहौर कॉन्स्पिरेसी केस ऑर्डिनेंस

(ग) आर्म्स ऑर्डिनेंस (घ) इनमें से कोई नहीं

975. शुरू में ब्रिटिश सरकार ने लाहौर कॉन्स्पिरेसी केस ऑर्डिनेंस को लागू करने का साहस क्यों नहीं किया?

(क) जनमत के विरोध के कारण

(ख) वायसराय की नाराजगी के कारण

(ग) कांग्रेस के अनुरोध के कारण

(घ) इनमें से कोई नहीं

976. ब्रिटिश सरकार और कांग्रेस में टकराव शुरू होने पर सरकार ने क्या किया?

(क) कांग्रेस पर प्रतिबंध लगाया

(ख) कई निरंकुश ऑर्डिनेंस निकाले

(ग) दमन के नए तरीके खोज निकाले

(घ) इनमें से कोई नहीं

उत्तर के लिए कृपया पृष्ठ सं. 175 देखें।

977. लाहौर कॉन्स्पिरेसी केस ऑर्डिनेंस को किस नाम से पारित किया गया था?
(क) ऑर्डिनेंस 1 (ख) ऑर्डिनेंस 3
(ग) ऑर्डिनेंस 2 (घ) ऑर्डिनेंस 4

978. किसकी बैठक आयोजित कर भगत सिंह ने अदालत की पूर्ण रूप से अवहेलना करने का निश्चय किया था?
(क) साथियों की (ख) विचाराधीन कैदियों की
(ग) परिजनों की (घ) शुभचिंतकों की

979. भगत सिंह अदालत की अवहेलना क्यों करना चाहते थे?
(क) सरकार को जवाब देने के लिए
(ख) मुकदमा जीतने के लिए
(ग) मुकदमा कमजोर करने के लिए
(घ) युवाओं को प्रेरित करने के लिए

980. अदालत की अवहेलना करने के भगत सिंह के प्रस्ताव का विरोध करनेवाले क्या तर्क दे रहे थे?
(क) साहसपूर्ण बयान देने का मौका नहीं मिलेगा
(ख) निर्दोष साथियों को दंड मिलेगा
(ग) और यातनाएँ दी जाएँगी
(घ) इनमें से कोई नहीं

981. जब भगत सिंह एवं उनके साथियों ने अदालत में राष्ट्रगान गाया तो जज ने क्या आदेश दिया?
(क) जेल में बंद करने का
(ख) पिटाई करने का
(ग) मुँह पर पट्टी बाँधने का
(घ) हथकड़ियाँ पहनाने का

982. हथकड़ियाँ पहनाए जाने पर अदालत की अवहेलना के प्रस्ताव का विरोध करनेवाले भगत सिंह के साथियों ने क्या किया था?
(क) नारे लगाए (ख) भगत सिंह से सहमत हो गए
(ग) प्रदर्शन किया (घ) इनमें से कोई नहीं

उत्तर के लिए कृपया पृष्ठ सं. 175 देखें।

983. जब भगत सिंह और उनके साथियों ने हथकड़ियाँ पहनकर अदालत में आने से इनकार कर दिया तो क्या हुआ?

(क) सख्त आदेश जारी हुआ

(ख) कैदियों के बिना ही कारवाई होने लगी

(ग) कैदियों की पिटाई हुई

(घ) इनमें से कोई नहीं

984. मुलजिमों को अदालत में लाने के लिए सरकार ने क्या प्रस्ताव रखा?

(क) अदालत के प्रेसिडेंट को हटाने का

(ख) बचाव के लिए नए वकील की नियुक्ति का

(ग) हथकड़ियाँ खोलने का

(घ) इनमें से कोई नहीं

985. जब मुलजिमों के बिना ही अदालत की कारवाई होने लगी तो भगत सिंह का कौन सा उद्देश्य सिद्ध हो गया?

(क) सरकार को बेनकाब करने का

(ख) सच को साबित करने का

(ग) सिद्धांत को प्रचारित करने का

(घ) इनमें से कोई नहीं

986. लाहौर सेंट्रल जेल में आकर अदालत का फैसला किसने सुनाया था?

(क) पुलिस अधिकारी ने (ख) विशेष दूत ने

(ग) वकील ने (घ) सरकारी कर्मचारी ने

987. अदालत का फैसला लाहौर सेंट्रल जेल में किस दिन पढ़कर सुनाया गया था?

(क) 4 जून, 1930 को (ख) 7 अगस्त, 1930

(ग) 5 जुलाई, 1930 को (घ) 7 अक्तूबर, 1930 को

988. अदालती फैसले में भगत सिंह, राजगुरु और सुखदेव के नाम के आगे काले बॉर्डर क्यों लगे थे?

(क) खतरनाक होने के कारण

(ख) माफी मिलने के कारण

(ग) प्राणदंड की सजा मिलने के कारण

(घ) इनमें से कोई नहीं

उत्तर के लिए कृपया पृष्ठ सं. 175 देखें।

989. लाहौर षड्यंत्र केस के फैसले के दिन के बारे में सरकार का रुख क्या था?
(क) मीडिया में प्रचार किया जाए
(ख) कांग्रेस को बताया जाए
(ग) खुली अदालत में सुनाया जाए
(घ) गुप्त रखा जाए

990. अदालती फैसले से कितने दिन पहले भगत सिंह और उनके साथियों को जेल में दावत दी गई थी?
(क) पाँच दिन (ख) एक दिन
(ग) दस दिन (घ) तीन दिन

991. भगत सिंह और उनके साथियों को जेल में दी गई दावत के दौरान कौन उपस्थित थे?
(क) जज (ख) वकील
(ग) जेल अधिकारी (घ) पुलिस अधिकारी

992. जब अदालती फैसले से पहले जेल के चारों तरफ सुरक्षाकर्मियों को तैनात कर दिया गया तो कैदियों ने क्या अनुमान लगाया था?
(क) अनहोनी (ख) आक्रमण
(ग) संकट (घ) इनमें से कोई नहीं

993. भगत सिंह और उनके साथियों को प्राणदंड की सजा मिलने की खबर फैलने पर सरकार ने क्या किया था?
(क) सफाई दी (ख) सख्ती बरती गई
(ग) निषेधाज्ञा लागू की गई (घ) इनमें से कोई नहीं

994. भगत सिंह और उनके साथियों को प्राणदंड की सजा की सूचना पाकर लाहौर के नागरिकों की क्या प्रतिक्रिया हुई?
(क) विरोध-प्रदर्शन (ख) विशाल जनसभा
(ग) नारेबाजी (घ) हड़ताल

995. भगत सिंह और उनके साथियों को प्राणदंड की सजा की सूचना पाकर समाचार-पत्रों ने क्या किया?
(क) प्रकाशन बंद कर दिया (ख) विरोध किया
(ग) समर्थन किया (घ) विशेषांक निकाले

उत्तर के लिए कृपया पृष्ठ सं. 175 देखें।

996. नेशनल कॉलेज के किस पुस्तकालय में भगत सिंह अकसर नई–नई पुस्तकें पढ़ने जाया करते थे?

(क) लालाजी पुस्तकालय में (ख) द्वारकादास पुस्तकालय में

(ग) जनता पुस्तकालय में (घ) किसी में नहीं

997. भगत सिंह और उनके साथियों को प्राणदंड की सजा के विरोध में लाहौर में पिकेटिंग कर रहे कितने व्यक्तियों को गिरफ्तार किया गया?

(क) बीस (ख) पंद्रह

(ग) सत्रह (घ) दस

998. भगत सिंह और उनके साथियों को प्राणदंड की सजा के विरोध में लाहौर में हुई विशाल जनसभा की अध्यक्षता लाला लाजपतराय की पुत्री ने की। उनका नाम क्या था?

(क) सीता देवी (ख) लक्ष्मी देवी

(ग) गीता देवी (घ) पार्वती देवी

999. विशेष अदालत द्वारा भगत सिंह और उनके साथियों को प्राणदंड की सजा सुनाए जाने के बाद डिफेंस कमेटी ने इसके विरुद्ध कहाँ अपील करने का निश्चय किया?

(क) असेंबली में (ख) प्रिवी काउंसिल में

(ग) रानी विक्टोरिया से (घ) इनमें से कहीं नहीं

1000. लाहौर षड्यंत्र केस के क्रांतिकारियों का बचाव करने के लिए डिफेंस कमेटी का गठन कब किया गया था?

(क) सन् 1926 में (ख) सन् 1930 में

(ग) सन् 1929 में (घ) सन्1931 में

□

उत्तर के लिए कृपया पृष्ठ सं. 175 देखें।

उत्तर-माला

पारिवारिक एवं व्यक्तिगत इतिहास

1. (ग) सन् 1907 में
2. (क) सुदूर सिंध तक
3. (क) बंगा
4. (घ) लायलपुर
5. (ग) खालसा सरदार
6. (ख) अर्जुन सिंह
7. (ग) खेती-बाड़ी करके
8. (घ) जय कौर
9. (ख) खालसाओं
10. (ग) समाज के उत्थान के लिए
11. (ख) सामाजिक बहिष्कार की धमकी
12. (ग) समर्थक
13. (क) ब्रिटिश सरकार का विरोध
14. (ख) देशभक्तिपूर्ण
15. (घ) किशन सिंह
16. (ख) हंसराज
17. (ख) सन् 1898 में
18. (क) पचास
19. (घ) शचींद्रनाथ सान्याल
20. (ख) 42
21. (ख) तीन वर्ष
22. (ख) सन् 1898 में
23. (ख) तीन वर्ष
24. (घ) किशन सिंह
25. (ग) विद्यावती
26. (ख) आर्यसमाजी रीति से
27. (ग) चार वर्ष
28. (ख) चार बार
29. (घ) लॉर्ड कर्जन ने
30. (क) लाला लाजपत राय
31. (ग) सरकार ने नीतियों को एक ओर रखकर दमन का सहारा लिया।
32. (ख) पंजाब केसरी
33. (ग) मांडले जेल
34. (क) भगत सिंह का जन्म अपने ननिहाल में हुआ।
35. (घ) किशन सिंह

36. (ख) सिक्ख शासकों की
37. (घ) फकीरा सिंह
38. (घ) सन् 1907 में
39. (घ) जेल में
40. (ग) 23 वर्ष
41. (ख) आठ
42. (घ) भगत सिंह और कुलवीर सिंह जुड़वाँ थे।
43. (क) भगत सिंह के परिवार में हमेशा अशांति का माहौल बना रहता था।
44. (ग) जगत सिंह
45. (ख) 11 वर्ष की
46. (घ) वह संगीत की कक्षा में विशेष रुचि लेते थे।
47. (ख) नवाकोट
48. (घ) डी.ए.वी. स्कूल
49. (क) सन् 1919 में
50. (क) अमृतसर
51. (ग) 13 वर्ष
52. (ख) इस ऐक्ट को पहले इंग्लैंड में लागू किया जा चुका था।
53. (क) भगत सिंह का
54. (ख) 'सर' की उपाधि लौटाकर
55. (ख) ऊधम सिंह ने
56. (घ) 1,800 से अधिक
57. (ख) भगत सिंह का
58. (ख) खून से भीगी हुई मिट्टी
59. (ग) पंजाब नेशनल कॉलेज
60. (घ) भाई परमानंद ने
61. (ग) सुखदेव से
62. (ग) सन् 1907 में
63. (क) लाला लाजपत राय ने
64. (क) सन् 1895 में
65. (ग) दल ने सोवियत संघ से सहायता ली
66. (ख) सन् 1905 में
67. (घ) अजीत सिंह
68. (ख) लॉर्ड मिंटो
69. (ख) सन् 1893 में
70. (घ) भारत माता सोसाइटी
71. (ख) बाँके दयाल ने
72. (ग) असहयोग आंदोलन
73. (घ) मदनलाल ढींगरा ने
74. (ख) मदनलाल ढींगरा
75. (ग) सवा पाँच साल
76. (क) सन् 1906 में
77. (घ) सन् 1909 में
78. (ग) रासबिहारी बोस
79. (क) लाला हरदयाल
80. (घ) बचपन में ही मैंने बम बनाना सीख लिया
81. (ख) रामशरण दास
82.(ख) गदर पार्टी आंदोलन के नायक
83. (घ) 13 अप्रैल, 1919 को
84. (ग) इस नाटक क्लब ने लंदन में भी कार्यक्रम प्रस्तुत किया था।

क्रांति के पथ पर

85. (घ) प्रो. जयचंद्र के
86. (घ) शचींद्रनाथ सान्याल से
87. (ग) सन् 1923 में
88. (घ) दादी जय कौर
89. (ग) तेजा सिंह
90. (ख) बहुत अच्छी तरह पेश आए
91. (घ) शचींद्रनाथ सान्याल से
92. (ख) विवाह करके तुम पत्नी से संबंध-विच्छेद कर सकते हो
93. (घ) एक ज्योतिषी का
94. (घ) कानपुर
95. (ख) बलवंत सिंह
96. (ग) योगेश चंद्र चटर्जी
97. (ख) बटुकेश्वर दत्त
98. (ख) अखबार बेचना
99. (ग) बलवंत सिंह
100. (क) रामनारायण बाजार
101. (ग) गणेश शंकर विद्यार्थी
102. (घ) लेख पढ़कर
103. (घ) प्रताप
104. (घ) दिल्ली में
105. (क) क्रांतिकारी
106. (घ) कानपुर की जलवायु भगत सिंह के स्वास्थ्य के लिए अनुकूल नहीं थी।
107. (क) शादीपुर
108. (ग) नेशनल स्कूल
109. (ग) ठाकुर टोल सिंह
110. (घ) वंदे मातरम्
111. (घ) उन्होंने स्कूल के नए भवन का निर्माण करवाया।
112. (क) रामचंद्र को
113. (ग) उनका पता किसी को न बताएँ
114. (क) जयदेव से
115. (घ) मौलाना हसरत मोहानी
116. (क) इनकलाब
117. (ग) सन् 1904 में
118. (ख) रूस
119. (घ) लेनिन
120. (क) जयदेव
121. (ख) 13 अगस्त, 1923 को
122. (ख) छह महीने
123. (ग) अकाली आंदोलन
124. (ख) सिख
125. (ग) समाज-सुधार
126. (ग) पगड़ी बाँधने लगे
127. (घ) इस आंदोलन के नेतागण विदेश में रहकर इसका संचालन कर रहे थे।
128. (घ) ऑनरेरी मजिस्ट्रेट
129. (ग) सहायता नहीं की जाएगी
130. (ग) सहायता करने का
131. (ख) गुरु गोविंद सिंह

132. (ग) भगत सिंह को गिरफ्तार किया जाए
133. (ग) दिल्ली
134. (क) दैनिक अर्जुन
135. (घ) जयचंद्र
136. (ग) इंद्र विद्यावाचस्पति
137. (घ) बाढ़
138. (ख) गणेश शंकर विद्यार्थी ने
139. (ग) उन्होंने बम बनाने का प्रशिक्षण लेना शुरू कर दिया।
140. (घ) रेल विभाग
141. (ख) राय साहब
142. (घ) दुर्गा भाभी
143. (ख) नौजवान भारत सभा
144. (घ) देश में हरित क्रांति के लिए बुनियादी ढाँचे का विकास करना।
145. (ख) महामंत्री
146. (ख) ब्रेडला हॉल
147. (घ) उँगली काटकर रक्त चढ़ाकर
148. (घ) इन क्रांतिकारियों ने रूस जाकर हथियारों का प्रशिक्षण लिया था।
149. (घ) 8 नंबर
150. (क) 8,600 रुपए
151. (घ) सरकार ने 8 नंबर की डाउन ट्रेन का संचालन बंद कर दिया।
152. (ख) लखनऊ की अदालत में
153. (ग) डेढ़ वर्ष
154. (घ) ब्रिटिश सरकार ने क्रांतिकारियों को कुचलने के लिए नया विधेयक पारित किया।
155. (घ) सरकार ने बम निरोधक दस्ते को तैनात कर दिया था।
156. (घ) इस साजिश की भनक महात्मा गांधी को पहले से ही लग चुकी थी।
157. (ख) सरदार शार्दूल सिंह
158. (ख) ताँगा
159. (ख) 15 दिन
160. (ग) 60 हजार
161. (क) दौलत राम ने
162. (ग) शांत बैठने का
163. (ख) डेयरी
164. (क) खासरियाँ
165. (घ) डेयरी को सरकार की तरफ से लाइसेंस जारी किया गया था।
166. (ख) डॉ. गोपीचंद भार्गव
167. (क) पंजाब असेंबली
168. (ख) दिल्ली में
169. (क) परस्पर जोड़ने का
170. (ख) फिरोजशाह कोटला किले में
171. (ग) हिंदुस्तान समाजवादी प्रजातांत्रिक संघ

172. (ग) चंद्रशेखर आजाद को
173. (ख) भगत सिंह
174. (घ) वे संगठन का संविधान बनाने में किसी तरह का हस्तक्षेप नहीं चाहते थे।
175. (ख) सन् 1919 में
176. (ग) 8 नवंबर, 1927 को
177. (ख) भर्त्सना
178. (क) बहिष्कार
179. (क) 3 फरवरी, 1928 को
180. (ख) आम हड़ताल
181. (घ) दिल्ली
182. (ग) तीन
183. (घ) आर्थिक संकट के कारण
184. (ख) नौजवान भारत सभा को
185. (क) लाला लाजपत राय को
186. (ख) एस.पी. सांडर्स
187. (घ) कील
188. (क) 17 नवंबर, 1928 को
189. (ग) स्कॉट
190. (क) चंद्रशेखर आजाद को
191. (घ) सांडर्स को
192. (घ) जयगोपाल को
193. (ख) भगत सिंह ने
194. (ग) सेना ने लाहौर में फ्लैग मार्च किया था।
195. (घ) दुर्गा भाभी
196. (ग) राजगुरु

आहुति

197. (क) साधु
198. (घ) सुशीला दीदी को
199. (घ) जुगल किशोर
200. (क) मोशाई
201. (ख) धोती-कुरता
202. (ग) मोतीलाल नेहरू
203. (ख) क्षोभ
204. (क़) 20
205. (घ) आगरा में
206. (घ) आगरा में
207. (ख) प्रतुलचंद्र गांगुली
208. (ख) दो रिवॉल्वर
209. (ख) बेलाँ
210. (क) आगरा
211. (घ) बम बनाने के लिए विदेशी विशेषज्ञ को भी बुला लिया गया।
212. (ग) नमक मंडी
213. (घ) सुखदेव ने
214. (ग) शिव वर्मा ने
215. (घ) धन
216. (ख) सीताराम बाजार में
217. (क) जयदेव कपूर को
218. (घ) कुछ कांग्रेसी सदस्यों से
219. (ख) अर्थशास्त्र
220. (ख) सैफुद्दीन किचलू ने
221. (ख) हमदर्द
222. (घ) सहायता देने का

223. (घ) जिस दिन बिलों को पेश होना था, उसी दिन महारानी विक्टोरिया का जन्मदिन भी था।
224. (ग) 8 अप्रैल, 1930 को
225. (ग) मजदूर नेताओं पर क्रांतिकारियों के साथ साँठ-गाँठ होने का आरोप लगाया गया।
226. (क) संशय पैदा हुआ
227. (ग) दो
228. (ख) भगत सिंह को
229. (ख) सुखदेव
230. (ख) बंगाल
231. (घ) भगत सिंह के पिता के अनुरोध पर केंद्रीय समिति ने उन्हें असेंबली में नहीं भेजने का फैसला किया था।
132. (ख) बटुकेश्वर दत्त
233. (क) 8 अप्रैल, 1930
234. (ख) मुहम्मद अली जिन्ना
235. (घ) धमाके
236. (ख) ग्रियर्सन
237. (ग) किसी की जान न जाए
238. (ग) 23 दिसंबर, 1929 को
239. (ख) क्रांतिकारियों का
240. (घ) बम का दर्शन
241. (ख) 26 जनवरी, 1930 को
242. (ख) 22 अप्रैल, 1929 तक
243. (ग) दिल्ली जेल
244. (ग) 3 मई, 1929 को
245. (ग) अपने विचारों के प्रचार के लिए
246. (क) 7 मई, 1929 को
247. (ख) सेशन जज की अदालत में
248. (ग) 18 मई, 1929 को
249. (घ) 10 जून, 1929 को
250. (ग) 12 जून, 1929 को
251. (ग) आजीवन कारावास
252. (ख) मियाँवाली
253. (क) लाहौर
254. (घ) लाहौर हाई कोर्ट
255. (ग) क्रांतिकारी विचारों का प्रचार करना
256. (ख) जैकसन
257. (क) 13 जनवरी, 1930 को
258. (घ) फैसले को बहाल रखा
259. (घ) 14 जून, 1929
260. (क) 5 अक्तूबर, 1929 तक
261. (ग) भगत सिंह दिवस
262. (ख) भगत सिंह को
263. (ग) 2 मई, 1929
264. (ख) मजिस्ट्रेट श्रीकृष्ण
265. (ख) स्ट्रेचर पर
266. (ख) 137 पाउंड
267. (ग) 2 सितंबर, 1929 को
268. (ग) सारे क्रांतिकारी भूख-हड़ताल छोड़ दें

269. (क) 13 सितंबर, 1929 को
270. (ख) यतींद्रनाथ दास
271. (ख) 114 दिन
272. (ग) रामप्रसाद बिस्मिल
273. (ख) 1 जून, 1930 को
274. (ग) हिल्टन
275. (घ) जज आगा हैदर
276. (ग) 12 जून, 1930 को
277. (क) लेनिन दिवस
278. (क) 7 अक्तूबर, 1930 को
279. (ख) 311
280. (क) लाहौर सेंट्रल जेल में
281. (ख) सितंबर 1930 में
282. (ख) विरोध
283. (क) 28 मई, 1930 को
284. (ग) माई नेशन
285. (क) उन्हें रिहा किया जाए
286. (क) 23 मार्च, 1931 को
287. (घ) सतलुज नदी में

विचार एवं दर्शन

288. (क) सत्ता में रहने का
289. (घ) हिंसा से लक्ष्य को हासिल किया जा सकता है।
290. (ख) दूसरों के कष्टों को बाँटना
291. (घ) अध्यात्मवादी
292. (क) आत्मा
293. (ग) वैचारिक
294. (ख) पूर्ण स्वतंत्रता
295. (ख) स्वाभाविक गुण
296. (क) देश को आजादी मिल जाए
297. (ग) अनुशासन
298. (घ) कापुरुषता
299. (ग) समाज-सेवा से
300. (ग) मानवता
301. (घ) सद्विवेक से
302. (क) अपराध
303. (घ) संस्कृति
304. (घ) उच्च साहित्य
305. (घ) साम्राज्यवाद के तहत सर्वहारा वर्ग के हितों का पोषण किया जाता है।
306. (ख) सामयिक
307. (ख) समाज
308. (घ) विचारों की
309. (ख) संपत्ति से संसार की हरेक खुशी हासिल की जा सकती है।
310. (क) हिंसात्मक
311. (घ) समझौते के सहारे समाज को बदला जा सकता है।
312. (घ) इनमें से कोई नहीं
313. (क) विचार
314. (क) कोमल

315. (घ) देश के कोने-कोने तक
316. (ग) सरकार
317. (ग) स्वतंत्रता
318. (क) उच्च वर्ग
319. (ख) इनसान
320. (क) एकत्र शक्ति
321. (क) समस्या
322. (घ) राजनीतिक
323. (क) देशभक्त
324. (ग) मनुष्य आम विश्वास को ठुकराने का साहस नहीं कर पाता।
325. (ख) अन्याय
326. (ग) जिसमें विवेकशक्ति है
327. (घ) ईश्वर की
328. (क) साहसी
329. (ख) हड़ताल
330. (क) अंग्रेजों को चेतावनी देने के लिए
331. (क) देश-प्रेम
332. (ख) मंचों से उपदेश देकर
333. (घ) रूढ़िगत विश्वास पर
334. (घ) किसान व मजदूर
335. (घ) मानवता की
336. (घ) जब तक पूर्ण आजादी न मिले
337. (घ) अराजकतावादी
338. (ख) युवावस्था देखने में तो शस्य-श्यामला वसुंधरा से सुंदर है, पर इसके अंदर भूकंप की-सी भयंकरता भरी हुई है।
339. (क) प्रत्येक जाति के भाग्य-विधाता युवक ही होते हैं।
340. (घ) बलिदान
341. (घ) आलसी
342. (ग) आदर्श
343. (क) प्राणिमात्र को
344. (क) कैदी
345. (क) परिवार
346. (घ) महत्त्व
347. (घ) साहित्य
348. (घ) संकल्प का
349. (क) एकता का
350. (घ) साहित्य
351. (क) अपना स्वार्थ
352. (ग) भ्रष्टाचार
353. (ख) जनश्रुतियों और रूढ़ियों का
354. (क) जब तक गुलामी रहेगी
355. (क) देश-विरोधी
356. (ख) बलिदान
357. (क) निष्पक्ष
358. (क) प्रेम अंधा होता है और प्रेमी के पास विवेक नहीं होता।
359. (ग) निष्प्राण
360. (ख) देशभक्ति

361. (क) आंदोलन
362. (क) पलायन की कोशिश
363. (क) ईश्वर
364. (ख) पाप
365. (घ) बच्चों का खेल
366. (ख) राजनीति के मैदान में
367. (घ) शबरी के जूठे बेर खाकर
368. (घ) अर्जुन का रथ चलाकर
369. (घ) उत्तेजनापूर्ण लेख
370. (घ) समाप्त
371. (ख) विलियम
372. (ख) जो योग्य हों
373. (घ) सैद्धांतिक
374. (घ) मुसीबतें
375. (ग) अडिग
376. (क) दिनचर्या
377. (ख) शोषण करते हैं
378. (क) यतींद्रनाथ दास
379. (ग) क्रांतिकारी बनने की
380. (घ) रूढ़ियों को
381. (क) आक्रामक रूप से
382. (घ) अराजकता
383. (ख) दंड से डरनेवाले
384. (घ) वांछित आश्रय
385. (ग) जो अंतर्मुखी हैं
386. (ख) जनता को सक्रिय बनाने की
387. (ग) जो चीज लक्ष्य की ओर ले जाती है
388. (क) क्रोध और रोष
389. (ख) सत्ता-परिवर्तन होता है
390. (ग) चेतना पैदा करके
391. (घ) उसके क्रियान्वयन पर
392. (घ) अनुचित गर्व की अधिकता
393. (क) संकल्प की दृढ़ता पर
394. (घ) अछूत
395. (ग) पुरुषार्थ
396. (ग) कृतघ्नता
397. (घ) कुरबानियाँ
398. (ग) सत्ता
399. (घ) जड़तावादी
400. (ग) कर्म की भावना
401. (ख) आस्था मजबूत होती है
402. (क) शारीरिक एवं नैतिक
403. (ग) शारीरिक बल
404. (क) हर मुसीबत का
405. (क) बहाना
406. (घ) वीरता से बलिदान
407. (ख) त्याग
408. (ग) भावना में
409. (ख) भावना का पुजारी
410. (ख) बुजदिली
411. (ग) टकराव
412. (ख) परिवर्तन से
413. (क) क्रांति से
414. (क) देश-प्रेम को
415. (ग) राष्ट्र

416. (घ) अनुपम उपहार
417. (ख) सत्याग्रह
418. (क) स्वतंत्रता
419. (ग) क्रांति
420. (घ) क्रांति की राह आसान होती है।
421. (क) भाग्य
422. (ग) शिक्षा
423. (घ) जिम्मेदारी से
424. (ख) विरासत
425. (घ) सत्ता
426. (क) न्याय
427. (ग) कानून
428. (ग) कानून और कोर्ट
429. (ग) शासन में भागीदारी
430. (ख) प्रयत्न
431. (क) देश की सेवा करना
432. (ग) अधिक कठोर दंड
433. (क) सशस्त्र क्रांति
434. (ग) धर्म
435. (ख) एकता
436. (घ) उपेक्षा
437. (घ) उद्देश्य
438. (ख) मूल भावना
439. (ख) सत्ता
440. (क) धन
441. (ग) गैर-बराबरी का
442. (ख) विवाद
443. (ग) विचार
444. (ख) उपेक्षा
445. (घ) प्रकृति
446. (ग) अनुकूल
447. (ख) समान
448. (घ) आदर्श
449. (ग) गलती
450. (ग) राजभक्ति
451. (ग) सिद्धांत
452. (घ) अहिंसा
453. (ख) जेल
454. (ग) क्रांति
455. (ग) समाजवाद
456. (ग) सफलता
457. (ख) अपमानजनक
458. (घ) मौत
459. (घ) कर्मठ
460. (क) विद्रोह
461. (घ) तर्कसंगत
462. (ग) न्यायपूर्ण
463. (ग) अंत
464. (क) पूरक
465. (ख) इच्छा-शक्ति
466. (ग) रक्त
467. (ख) शोषण
468. (ग) अध्यात्मवादी
469. (ख) अध्ययन
470. (क) युद्ध
471. (ग) पिछड़ी
472. (क) समाज का स्वरूप

473. (ग) एक बार मर जाना
474. (क) नेता का
475. (घ) अंधविश्वास

विविध

476. (ख) अनुज कुलतार सिंह को
477. (ग) प्रताप और अर्जुन
478. (क) प्रताप
479. (घ) रूस
480. (ग) फाँसी की कोठरी
481. (घ) जाति
482. (ख) विलक्षण
483. (ग) डॉन ब्रीन
484. (ग) माई फाइट फॉर आयरिश फ्रीडम
485. (ख) शचींद्रनाथ सान्याल
486. (ख) चिनगारी
487. (क) यशपाल के
488. (ग) चिनगारी
489. (क) बेलाँ की जीवनी
490. (ख) यातायात चौराहा
491. (ख) सुर्जन सिंह
492. (घ) लाहौर कांग्रेस अधिवेशन में
493. (क) दादाभाई नौरोजी
494. (ग) देहाती वेश में
495. (ख) दीवान फकीरचंद ने
496. (घ) उनके लिए प्रशस्ति-पत्र लिखा
497. (घ) एक घटना के चलते
498. (क) एक बढ़ई
499. (ख) प्लेग के रोगी के घर को ध्वस्त किया जाए
500. (ग) नए सिरे से घर बनाना सुनिश्चित किया जाए
501. (ख) ठुकरा दिया
502. (क) कलक्टर का
503. (क) चाटुकारिता
504. (ख) स्वामी दयानंद
505. (घ) आर्यसमाजी
506. (ख) यज्ञोपवीत
507. (घ) सांस्कृतिक पुनर्जन्म
508. (घ) मांस
509. (ख) क्रांतिकारी
510. (घ) आर्यसमाज स्कूल
511. (ख) राय बहादुर दुलीचंद
512. (घ) आर्यसमाज
513. (ख) आर्यसमाज
514. (घ) सामाजिक सुधार की दृष्टि
515. (घ) उन्होंने तंत्र विद्या में महारत हासिल कर ली थी।
516. (घ) 20 एकड़
517. (ग) बंगा गाँव
518. (क) सन् 1890 में
519. (ग) अजमल खाँ
520. (ख) त्याग
521. (ख) समाज का

522. (ख) बेटों के मुकदमों की पैरवी
523. (क) पटियाला का केस
524. (क) सत्ता के लिए चुनौती
525. (क) आर्यसमाज
526. (ग) वे गुरु ग्रंथ साहिब का अपमान करते हैं
527. (ग) विरोध
528. (घ) 700
529. (ग) लिखते थे
530. (घ) पुलिस
531. (क) पाठशाला का
532. (ग) आम का
533. (क) अपनी छड़ी
534. (क) ग्यारह
535. (क) मजदूरी के पैसे
536. (ग) परिवारवालों जैसा
537. (घ) तंबाकू
538. (ग) खेत में आग लगा दी
539. (ग) सेवा-सहायता
540. (घ) यज्ञ
541. (ख) ओम का लाल झंडा
542. (ग) भारत माता की जय
543. (घ) चौरी-चौरा कांड के कारण
544. (क) सरदार हरि सिंह
545. (ग) बम
546. (ख) गवाही नहीं मिली
547. (ख) क्रांति की
548. (घ) उन्हें क्रांति-पथ पर पुत्रों को ले जाने पर पछतावा होता रहा
549. (ग) भगत सिंह और जगत सिंह के यज्ञोपवीत संस्कार के अवसर पर
550. (क) सिख
551. (ग) दादी ने
552. (घ) सन्निपात
553. (ख) इलाज करना
554. (क) लकवा
555. (क) जय कौर
556. (ग) मार्च 1932 में
557. (घ) उनकी पत्नी जय कौर ने
558. (घ) उन्होंने परदा-प्रथा का हमेशा पालन किया था।
559. (ग) मरहम-पट्टी करना
560. (क) नर्स
461. (ग) धर्मशाला
562. (क) तीर्थ
563. (ग) सन् 1935 में
564. (ख) 12 फरवरी, 1949 को
565. (ख) सरदार अर्जुन सिंह ने
566. (क) विप्लव
567. (ग) राजकीय मेहमान बनाया गया
568. (ग) जंग बहादुर राणा
569. (क) अपने पुत्र को
570. (क) सेना और हथियार
571. (घ) घोड़े पर बिठाकर

572. (घ) फिलिप
573. (ख) खुफिया पुलिस
574. (ख) सरकार के खिलाफ बगावत का
575. (ख) देश से बाहर चले जाने की
576. (ख) बलूचिस्तान
577. (घ) आला दिमाग
578. (ख) रासबिहारी बोस की
579. (क) गुरुदत्त सिंह
580. (क) सरदार किशन सिंह ने
581. (क) अमेरिका में
582. (ग) कार्य-प्रणाली
583. (क) भारत में क्रांति
584. (ग) प्रताप
585. (घ) उपेक्षा की थी
586. (घ) करतार सिंह सराबा ने
587. (क) नेताओं को आश्रय देकर
588. (क) उग्र
589. (ग) बंगा
590. (ख) कपास का व्यापार
591. (ख) 400 रुपए
592. (क) हेयरसन
593. (ख) आयरलैंड के
594. (क) थानेदार
595. (ग) लाभ का साधन
596. (ख) आम
597. (ग) ग्यारह वर्ष
598. (ग) बिंदु
599. (क) वेद
600. (क) प्रो. जयचंद्र ने
601. (घ) कानपुर में
602. (घ) विद्रोहियों का अड्डा
603. (ग) सन् 1906 में
604. (ग) वरदान
605. (घ) मामा के घर
606. (घ) खासरियाँ में
607. (क) खासरियाँ
608. (ग) सुखदेव
609. (ख) विद्यावती ने
610. (घ) 1 सितंबर, 1881 को
611. (ग) नेशनल कॉलेज
612. (ख) अध्यापन
613. (घ) मनोवैज्ञानिक
614. (घ) शिक्षकों की
615. (ग) पुनर्विवाह
616. (क) आर्य अनाथालय
617. (ग) जतींद्र मोहन चटर्जी
618. (ग) जतीन बाबा
619. (क) हरनाम कौर
620. (ग) भारत माता बुक एजेंसी
621. (ग) आतंकवाद
622. (घ) बागी मसीहा
623. (ख) हिंदुस्तान हमारा है
624. (क) जनता उत्तेजित हो जाती थी
625. (क) वीटी
626. (क) तीन रंगों का कपड़ा

627. (ख) सहाबुद्दीन
628. (क) बाँके दयाल
629. (ख) दोनों गुरु-शिष्य हैं
630. (घ) सरदार अजीत सिंह
631. (घ) क्रांति की
632. (ग) सन् 1857 की क्रांति की
633. (ख) लाला पिंडीदास
634. (घ) राजनीतिक क्रांति
635. (क) मसौदा
636. (क) गुलामी बरदाश्त नहीं
637. (क) पाँच वर्ष
638. (घ) वे अहिंसा को सबसे बड़ा हथियार बताते हैं
639. (क) एच.एच. रिजले
640. (ग) अट्ठाईस
641. (ग) पत्नी
642. (क) सितारा
643. (घ) बर्मा को कालापानी के नाम से भी जाना जाता था।
644. (ग) ठुकरा दिया
645. (क) गुरु नानक देव
646. (क) दिलबाग सिंह
647. (क) एक दिन गिरफ्तार होगा
648. (ख) लॉर्ड कर्जन
649. (क) बंद कोठरी में
650. (ख) लेखन
651. (ग) 7 नवंबर, 1907 को
652. (क) 11 नवंबर, 1907 को
653. (ग) बाल गंगाधर तिलक ने
654. (क) सरकार क्रुद्ध हुई
655. (ख) जॉर्ज पंचम
656. (घ) बाल गंगाधर तिलक
657. (घ) प्रचारक
658. (ग) बाल गंगाधर तिलक
659. (क) शॉल ओढ़ाकर
660. (ग) विरोध-प्रदर्शन करने लगे
661. (ख) पेशवा
662. (ग) 2,000
663. (घ) कूट भाषा
664. (ख) चंद्रकुमार चक्रवर्ती
665. (क) फरिश्ता
666. (क) सैयद अलातुल्ला
667. (ख) तुर्किस्तान
668. (ग) शीराज
669. (क) तेहरान
670. (ग) छह बार
671. (क) समाउद्दौला
672. (ख) हयात
673. (क) तेहरान में
674. (घ) अध्यापन
675. (क) इंडिया फोरम
676. (ख) अब्दुल रहमान
677. (ग) स्विट्जरलैंड में
678. (ख) अध्यापन कर रहा था
679. (ग) ब्राजील में
680. (ग) सोलह
681. (ग) प्रोफेसर बने

682. (ख) तीन
683. (क) सन् 1932 में
684. (ग) जर्मनी
685. (ख) शानदार स्वागत
686. (ग) हिंदी
687. (घ) निर्माता
688. (घ) सुभाषचंद्र बोस
689. (ख) आजाद हिंद लश्कर
690. (घ) डेढ़ लाख
691. (क) धन
692. (क) अंग्रेजों के विरुद्ध
693. (ख) रोम
694. (ग) 5 मार्च, 1945 को
695. (क) इटली के
696. (घ) हसन खाँ
697. (ख) भारतीय नागरिक के रूप में
698. (घ) जनवरी 1946 में
699. (ख) लिपट गई
700. (ख) 15 अगस्त, 1947 को
701. (ग) धनपत राय
702. (ग) व्यवसायी
703. (क) देश रक्षा
704. (क) सन् 1887 में
705. (क) देशभक्तों का डेरा
706. (घ) प्रचार मंत्री
707. (ग) पंजाबी
708. (घ) 20 जुलाई, 1907 को
709. (घ) लाहौर
710. (ख) राजदूत
711. (घ) लालचंद फलक
712. (ख) हुक्म कौर
713. (ख) तपेदिक
714. (घ) पूरी तरह मुक्त कर दिया
715. (ख) डेढ़ साल
716. (क) तेईस वर्ष
717. (ग) सन् 1966 में
718. (घ) छप्पन साल
619. (घ) संधू जाट
720. (घ) नवापुर
721. (ग) जालंधर
722. (ख) महाराजा रणजीत सिंह
723. (क) सन् 1845 में
724. (ग) सन् 1857 में
725. (ख) गुरु गोविंद सिंह
726. (ग) लाहौर
727. (घ) मोहन सिंह
728. (ख) शिवचरण दास
729. (घ) पेरिस में
730. (क) शहीद-ए-आजम
731. (ख) समाजवाद
732. (ख) पंद्रह
733. (घ) जेल डायरी
734. (क) स्वाधीनता के पथ पर
735. (ग) वे उम्दा अग्रलेख लिखते थे
736. (ख) चतर सिंह
737. (ग) किताबें

738. (ख) क्रांति
739. (क) समर्थक थे
740. (क) समाज के लिए
741. (घ) समाजवाद
742. (क) सामाजिक विकास
743. (क) 24 मार्च, 1931 को
744. (घ) प्राणनाथ मेहता
745. (क) इनकलाब जिंदाबाद
746. (ख) पत्र में लिखा था
747. (ख) बटुकेश्वर दत्त का
748. (ख) भयभीत होकर
749. (घ) भगवतीचरण वर्मा
750. (ख) सुभाषचंद्र बोस
751. (क) सरदार पटेल
752. (ग) दुर्गा भाभी
753. (घ) मौलाना अबुल कलाम आजाद
754. (ग) शिव वर्मा का
755. (क) अजय कुमार घोष का
756. (ख) राजेंद्र प्रसाद
757. (ख) सरोजिनी नायडू
758. (ख) प्रो. विपिन चंद्र
759. (ग) राहुल सांकृत्यायन का
760. (ग) गुलनार
761. (क) छोड़ दिया जाए या गोली से उड़ा दिया जाए
762. (ग) निराशा व्यक्त की थी
763. (ग) दुलीचंद ने
764. (ग) सामूहिक इस्तीफा
765. (ख) मिंटो पार्क
766. (क) जवाहरलाल नेहरू
767. (ख) राम मनोहर लोहिया
768. (क) मदन मोहन मालवीय का
769. (घ) जयदेव कपूर का
770. (ग) हसरत मोहानी का
771. (क) पंजाब
772. (क) स्वराज्य
773. (क) मराठा
774. (क) लीडर
775. (ख) द ट्रिब्यून
776. (क) चाँद
777. (ख) विप्लव
778. (ग) वतन
779. (ख) वीर अर्जुन
780. (क) रोजाना खिलाफत
781. (घ) भविष्य
782. (क) तरुण भारत
783. (ग) पंजाब केसरी
784. (ख) मिलाप
785. (ग) कांग्रेस
786. (क) 9 अप्रैल, 1931 से
787. (ग) सहायता नहीं मिलेगी
788. (घ) जीतेंद्रनाथ सान्याल ने
789. (ख) कलक्टर ने
790. (घ) चाँद प्रेस
791. (क) प्रकाश सहगल को
792. (ग) अखिलनाथ सान्याल
793. (घ) 16 जून, 1931 को

794. (ग) दस
795. (ख) बल
796. (ग) मिलाप
797. (घ) चरण-स्पर्श कर
798. (क) स्कॉट
799. (ख) प्रसन्नता
800. (ख) निर्णय
801. (घ) इनकलाब जिंदाबाद
802. (क) विद्यार्थियों ने
803. (क) काररवाई रोकने का
804. (क) कृष्णकांत मालवीय
805. (ख) वितरक से
806. (ख) विद्रोही बनने की प्रेरणा मिलती है
807. (ख) उत्तेजक
808. (क) जहरीली
809. (क) मैट्रिक
810. (घ) पुस्तक प्रतिशोध की भावना बढ़ाती है
811. (क) समाचार-पत्रों में
812. (ग) यशपाल के साथ
813. (ख) उग्र भाषा
814. (घ) भगत सिंह के प्रति
815. (ग) राजद्रोह
816. (क) राजद्रोह
817. (ग) ढाई वर्ष
818. (घ) मॉडर्न रिव्यू
819. (ख) जनता को जागरूक बनाना चाहते थे
820. (क) पुस्तक लिखकर लेखक ने सार्वजनिक सेवा की है
821. (क) नम्र और संयत
822. (ख) सुभाषचंद्र बोस
823. (ग) सरकार के प्रति गुस्सा
824. (ख) पंजाबी में
825. (क) विदेशी पत्रों में
826. (क) लेनिन
827. (क) अंग्रेजों के विरुद्ध
828. (ग) निर्भीकता
829. (ख) दिल्ली में
830. (क) फ्रांसीसी क्रांतिकारियों से
831. (क) आठ
832. (ख) इससे ब्रिटिश न्याय की पोल खुलती थी
833. (ख) आत्मसमर्पण
834. (घ) भगत सिंह की लाश
835. (क) पीपुल
836. (ख) जायदाद
837. (ग) लाला हरदयाल को
838. (ख) लाला लाजपत राय को
839. (घ) स्कूल के अधिकारी राजभक्त थे
840. (क) डिफेंस ऑफ इंडिया ऐक्ट
841. (क) गरम दल
842. (ख) विप्लवी संस्थानों को
843. (घ) सिख और राजपूत
844. (ख) हथियार छीन लिये

845. (ख) प्रताप में
846. (ख) छह बब्बर अकाली वीरों की फाँसी पर
847. (ग) लेनिन से
848. (ग) राजा राम शास्त्री
849. (ख) हिंसा से परिवर्तन पर
850. (क) समाजवादी
851. (घ) जयदेव गुप्त से
852. (घ) करतार सिंह सराबा को
853. (ग) 12 सितंबर, 1915 को
854. (ग) जयचंद्र विद्यालंकार ने
855. (घ) बंदूकें
856. (ग) प्रतिबंध लगाया
857. (ख) हिंदी
858. (घ) संस्कृत
859. (क) सोहन सिंह 'जोश'
860. (घ) पंजाबी
861. (क) जयदेव गुप्त का
862. (ख) विनोबा भावे
863. (क) गणेश शंकर विद्यार्थी
864. (क) राजगुरु को
865. (ख) प्रताप में
866. (क) बालकृष्ण शर्मा 'नवीन' का
867. (ख) प्रचार का मंच
868. (ख) मॉडर्न रिव्यू
869. (ख) कॉलेज के विद्यार्थी
870. (ग) बेबे
871. (घ) सफाई कर्मचारी के
872. (ख) हंसराज
873. (घ) गणेश शंकर विद्यार्थी
874. (ग) न्यायाधीश से
875. (क) हिंदुस्तान रिपब्लिकन एसोसिएशन
876. (ग) बलवंत
877. (क) जगदीशचंद्र चटर्जी
878. (ग) स्टडी सर्किल
879. (ग) भभूत
880. (क) जेल से मुक्त करवाने का
881. (ग) लाहौर
882. (घ) सभी नेता जेल में थे, इसलिए
883. (ग) उपवास का
884. (क) लालटेन लेक्चर
885. (ख) निषेधाज्ञा जारी की
886. (क) साम्यवाद की तर्ज पर
887. (क) क्रांति के
888. (क) सन् 1925 में
889. (क) साम्यवाद की तरफ
890. (ख) साम्यवादी कार्य-प्रणाली
891. (ग) हिंदुस्तान सोशलिस्ट रिपब्लिकन एसोसिएशन
892. (क) बंगाल के प्रतिनिधियों ने
893. (ग) प्रचार कार्य
894. (क) दाढ़ी-केश कटवा दिए
895. (ख) हिंदुस्तान सोशलिस्ट रिपब्लिकन एसोसिएशन
896. (ग) संबंध टूट गया था
897. (क) जयदेव गुप्त के साथ
898. (ख) कोई प्रभाव नहीं पड़ा
899. (घ) बम बनानेवाले व्यक्ति की

900. (क) समर्थक
901. (घ) उचित समय पर बम का प्रयोग होगा
902. (ग) बंगाल
903. (घ) आगरा में
904. (क) सहारनपुर
905. (ख) व्यवसायी
906. (ख) झाँसी
907. (घ) बंबई
908. (ग) भारतीय
909. (ख) दो बार
910. (घ) हिंदुस्तान सोशलिस्ट रिपब्लिकन एसोसिएशन
911. (क) बेलाँ
912. (ग) लाहौर
913. (ग) राजगोपाल
914. (ग) रोड़ा
915. (घ) ला ह्यूमेनाइट
916. (क) प्रावदा
917. (घ) नौजवान भारत सभा
918. (ख) मॉडर्न रिव्यू
919. (ख) आम कैदियों की
920. (घ) जनता
921. (क) समर्थन किया
922. (ख) तीन
923. (क) मजदूरी करते हुए
924. (क) चार
925. (ख) सांडर्स हत्याकांड में
926. (क) पाँच महीने
927. (ख) लकवाग्रस्त हो गए
928. (क) दबाव डालने के लिए
929. (ख) एनीमा
930. (ख) दस दिन
931. (ख) यतींद्रनाथ दास
932. (क) पानी
933. (क) यतींद्रनाथ दास का
934. (घ) यतींद्रनाथ दास को बिना शर्त रिहा किया जाए
935. (ग) असहमत थी
936. (घ) पुनः भूख-हड़ताल शुरू की
937. (घ) इनमें से कोई नहीं
938. (ग) लाहौर षड्यंत्र केस
939. (ग) राजगुरु
940. (घ) अपने सिद्धांतों का प्रचार करना
941. (ख) जनता के
942. (ग) आहार
943. (क) सुविधाएँ देने के लिए
944. (ग) देशभक्त
945. (क) दूसरी लड़ाई
946. (ग) लाहौर सेंट्रल जेल में
947. (ग) तीन महीना
948. (घ) सिद्धांतों का प्रचार करने के लिए
949. (ख) इनकलाब जिंदाबाद
950. (ख) आठ
951. (घ) मुलजिम गवाहों से स्वयं जिरह करते थे
952. (ख) सिद्धांतों का प्रचार करना

953. (क) यादगार मुकदमा
954. (क) भाषण
955. (ख) फ्रांस
956. (ख) संदेश
957. (ख) काररवाई में दर्ज करते थे
958. (घ) फँसाने के लिए
959. (ग) प्रमाण
960. (घ) शिव वर्मा ने
961. (ख) कैदियों ने अनशन किया
962. (क) शौच
963. (घ) पठानों की पलटन को
964. (ख) प्रदर्शन
965. (घ) इनमें से कुछ नहीं
966. (क) मारना संभव है, लाना संभव नहीं
967. (ग) नाराजगी जाहिर की
968. (ग) पत्र
969. (ख) भगत सिंह दिवस
970. (ख) पोलैंड से
971. (क) भगत सिंह
972. (ख) तीन बार
973. (ख) आधा घंटा
974. (ख) लाहौर कॉन्स्पिरेसी केस ऑर्डिनेंस
975. (ग) कांग्रेस के अनुरोध के कारण
976. (ग) दमन के नए तरीके खोज निकाले
977. (ख) ऑर्डिनेंस 3
978. (ख) विचाराधीन कैदियों की
979. (क) सरकार को जवाब देने के लिए
980. (ख) निर्दोष साथियों को दंड मिलेगा
981. (घ) हथकड़ियाँ पहनाने का
982. (क) नारे लगाए
983. (ख) कैदियों के बिना ही काररवाई होने लगी
984. (क) अदालत के प्रेसिडेंट को हटाने का
985. (ग) सिद्धांत को प्रचारित करने का
986. (घ) सरकारी कर्मचारी ने
987. (घ) 7 अक्तूबर, 1930 को
988. (ग) प्राणदंड की सजा मिलने के कारण
989. (घ) गुप्त रखा जाए
990. (घ) तीन दिन
991. (ग) जेल अधिकारी
992. (क) अनहोनी
993. (ग) निषेधाज्ञा लागू की गई
994. (क) विरोध-प्रदर्शन
995. (घ) विशेषांक निकाले
996. (ख) द्वारकादास पुस्तकालय में
997. (ग) सत्रह
998. (घ) पार्वती देवी
999. (ख) प्रिवी काउंसिल में
1000. (ख) सन् 1930 में

□□□